妮兒與多麥家族

周燊 著

故事目錄

1 引子 003

2 印得 005

3 和誼之戰 016

4 吉亞 031

5 達侖針 047

6 卡斯里藍蜂 064

7 陶特惠 091

8 吸咒石 104

9 海猿 123

10 康諾和耶托 154

11 阿第萊斯 167

12 埃索巴爾地 182

13 帕傑的禮物 203

14 神話谷 235

人物介紹

妮兒

人類女孩，有愛心、心地單純，
懂得人類和動物的語言，
被選為人類和動物世界的和平使者，
從此展開一場充滿艱辛的奇幻歷險。

尼亞

受詛咒的鴿子，
個性聒噪，
喜歡和妮兒鬥嘴。

西典

人類女孩，嬌小可愛，
總需要妮兒的保護。

菲其格

多麥家族的領袖，知識淵博，
小心謹慎，是一隻有勇有謀的老豹。

坦賽

多麥家族的偵察兵，
勇氣十足，但有點迷糊。

珊蒂

母豹子，富有同情心。

萊比亞

家族教師，
對愛搗蛋的西典無可奈何。

1

引子

　　妮兒是一個可愛的女孩。如果用人類的單位計算的話，今年她應該有八歲了。但是她從三歲起便離開了原本的家，加入了豹子的多麥家族。

　　這要從何說起呢？原來，妮兒出生在地球西半球一個農場之家，在她家附近有一片大森林，所以，妮兒的爸爸安頓先生經常到那裡狩獵、伐木。可是忽然有一天，她家與森林之間又多了一項新遊戲，農場裡的牛或羊等牲畜總是在一夜之間就走失幾頭，而且不留下一丁點兒血跡。雖然如此，經驗豐富的安頓先生還是斷定是林子裡的野獸深夜來到這裡，巧妙地躲過了獵狗，偷走了牛和羊。

　　從此以後，安頓先生有時半夜不睡覺出來守夜，有時他

一夜下床五、六次來看看牲口棚外的鐵夾子是否捉到了野獸。可是這樣竟然也沒用，牛羊數目還是減少，鐵夾子裡連一根野獸的毛髮都沒有。

這天晚上，森林中豹子的多麥家族悄悄地派人來了，是坦塞一個人來的。由於這是牠第一次單獨行動，加上牠還年輕沒有經驗，不小心驚動了安頓先生家的獵狗。

獵狗不斷地發出警告，安頓先生用最快的速度拿了槍，跑下樓。傻傻的坦塞看見了安頓先生拿槍衝出來，這才回過神來。就在安頓先生開槍的時候，他敏捷地一閃，便閃得無影無蹤了。不過，坦塞並沒有離開這兒，他悄悄地溜進了屋子，上了樓，看到了正在屋子裡睡覺的妮兒，就把她叼起來從窗戶跳了出去。等到安頓先生發覺時，一切都已經晚了。

從此以後，多麥家族便不再住在那片森林裡了，他們擔心安頓先生會來找他們算賬。幸好，他們並沒有把妮兒當做點心，在多麥家族裡，妮兒和另一個人類女孩西典共同踏上了奇妙而快樂的人生旅程。

2

印得

　　現在，多麥家族住的地方是一個甚至連他們自己都說不清楚的地方，但似乎是世界上最好的地方。當然，這麼好的地方不只是多麥家族獨享，附近還有其他的豹子家族—凱門琳薩啊、斯里塔啊，都是離多麥家族很近，而且勢力強大的豹子家族。

　　在多麥家族裡，有有勇有謀的菲其格、還有年輕的坦塞、珊蒂和萊比亞、妮兒和另一個人類女孩西典。妮兒的到來就像是在多麥家族領地上下了一場春雨……

　　妮兒和西典雖然是人類，但還是很受菲其格他們的歡迎，菲其格經常向妮兒和西典講述他們的家族歷史。雖然，有的時候坦塞他們偶爾抱怨西典不守規矩呀、妮兒調皮搗蛋啊，

但那都是嘴巴說說而已，要是妮兒或西典遇到什麼野獸、其他豹群的攻擊，坦塞肯定第一個衝上去。

菲其格是多麥家族中的重要人物。之所以說是重要人物，是因為自從多麥家族中只剩下了為數不多的幾隻豹子以後，多麥家族就沒有「統治者」這個稱呼了。什麼事情都由這四隻豹子一起商量，很民主。當然，有時也會讓妮兒和西典參加。

多麥家族已經討論很久了，他們是在妮兒三歲那年將她帶來的，到現在為止已經過了五年，但還從未正式教過她任何東西。比如：如何去捕捉獵物呀、多麥家族的家規呀、一些簡單的「數學」……等等。「數學」在多麥家族是個新的課程，是他們剛剛發明出來的。的確，對於菲其格他們來說，腦子裡並沒有人類那麼難的「數學」概念，他們的「數學」僅僅是多一少一的問題。但是除了捕食、「數學」以外還有更難學的，那就是其他動物的語言。世界上，動物的種類多達千萬種。千百年來，多麥家族的祖先定下了這樣的家規：在家族生活的鄰近地區，除了天上飛的、水裡游的以外，其他陸地上的動物不管種類有多少種，都要設法熟悉他們的語言。

但這件事可苦了菲其格，他們現在這塊地盤雖不大，但是動物種類卻特別多，有些語言他也不會，姑且只好會多少就

教多少嘍。

決定好的第二天，妮兒和西典就不能再整天自由自在了，四隻豹子將分別為她們上課。首先她們要學的基礎課程是多麥家族的家規。

其實，學習家規對於妮兒她們來說真是多此一舉，在豹群中生活了這麼多年，能不知道家規嗎？所以，在上課的時候，妮兒老是和西典打鬧嬉笑、東張西望。

「妮兒，西典，現在這課很有趣的，我正在講豹族的規矩，你們知道，你們有必要多瞭解一些這方面的知識，尤其是你－西典」這堂課的老師萊比亞生氣地說。

妮兒早就覺得有點不耐煩了，她立刻站起來說：「萊比亞，請你替我問一問菲其格，為什麼一定要學習這些東西呢，你知道，我早就懂得豹子的家規了，我還曾經受過好幾次教訓呢！」妮兒越說越氣，都快漲紅臉了。

萊比亞什麼也沒說，她心裡已經想好了一套計畫。

「妮兒，你說你什麼都會是嗎？」萊比亞狡猾地問。

「是的。」妮兒一臉堅定地盯著萊比亞。

「好吧，如果你能說出我們多麥家族的第十二條家規，我就同意你可以不必上我的課。順便提醒你，我剛剛講的，就是第十二條家規。」

妮兒站在那裡，說不出話來，其實她以前是知道第十二條家規的，可是現在一急，全都不知道忘到哪兒去了。但是她也不能說不知道呀。

「這麼簡單，就是當不管其他任何一個家族使用任何方法來攻擊我們家族時，多麥家族的每一個成員都不能退縮！」妮兒明明知道這答案錯了，但還是隨口說出一個答案。

「但是我想，那是第二條。很抱歉，既然你對這方面的知識掌握得不是很好，那麼我有責任多教你一些。儘管你說你自己已經會了。」萊比亞露出一副義不容辭的樣子說道。

當少葉樹又掉下一片葉子的時候，已經上完這節課了，下一節課是珊蒂上的數學課，雖然這個數學課有些簡單，但是妮兒聽得非常認真，因為她從來不知道數字這麼神奇。倒是西典一副要聽不聽的樣子，原來她早就會了這些。

很快，又一節課上完了。

下一堂是菲其格自己也沒怎麼學好的外語課，也就是其他動物的語言課。剛開始妮兒和西典很喜歡聽，可是後來，就連菲其格也不知道自己在講什麼了，不得已，這堂課只能宣告失敗。語言課暫時被撤銷了。菲其格決定回去好好研究後再來教給妮兒和西典。

接下來輪到坦塞教的捕食課了。

「坦塞，我覺得我不能捕體積太大的獵物，我只會捕一些野雞。」妮兒說。

「是的，我知道。但就因為是你不會才要更努力地學習呀。」坦塞用少有的耐心說道。

說話間，坦塞已經竄出，朝一隻鹿撲了過去。他撲到鹿的身上，一口咬斷鹿的脖子。看著坦塞拖回來的血淋淋的鹿，妮兒越來越覺得自己無論如何也做不到像坦塞這樣。平時她吃飯菲其格都會主動用火幫她烤過才讓她吃，即使是抓一隻野雞，妮兒也從不會咬斷牠的脖子。

再怎麼說妮兒也是個人呀。

妮兒因此提議把菲其格找來，商量是不是能夠取消這堂課。

結果，真是出乎所有豹子的意料，菲其格沒有同意。

正當他們爭論的時候，坦塞突然插嘴說：「別動！千萬別動！我的鼻子告訴我這附近有羊。」

「羊！」所有豹子都大吃一驚，這裡好幾年都沒看見過羊了，怎麼會有羊呢？

儘管如此，坦塞依然帶著大家朝氣味傳來的方向找去。

果然，在不遠處的一個小山坡上有兩隻羊，一隻很肥大，另一隻卻很瘦小。

「機會來了，妮兒。」菲其格高興地說道。

「今天的晚餐，我們吃羊肉！」菲其格向其他豹子宣佈。

妮兒已經意識到菲其格要讓自己去捉那兩隻羊。她知道自己不能像坦塞那樣捕食，也不能用像平時捉野雞一樣的方式去捉羊。

她爬到一棵大樹上，這樣就能清楚地看到那兩隻羊的行動了。

妮兒從樹上折下兩支樹枝，這是等會兒用來叉羊的。接著，她悄悄滑下樹，在草地中尋找藤條。在這種地方，藤條隨處可見。很快，她就找到了兩根又粗又長的藤條，並把它們繫好，連在一起做成了兩個套子。

做好了這一切，妮兒重新爬到那棵樹上，深呼吸了一下，然後把手中的藤條套子朝羊的脖子拋了出去。

正像妮兒想的，羊被緊緊地套住了。妮兒飛快地下樹，用樹枝向那頭又肥又大的羊的脖子叉去。

「這是我為多麥家族做的第一件事！」妮兒自豪地說。

在場的豹子都驚訝萬分，誰也沒想到妮兒竟然能通過這次考試。

正如菲其格所說的，當天晚上多麥家族就舉行了一個營火派對，他們把獵物放到一起，在旁邊用火樹生了一大堆火。

火樹是一棵儲存了很多火種的樹，從多麥家族的老祖先時代開始，就有這棵火樹。傳說，在許多年以前，多麥家族的祖先們準備把一棵活了三千三百三十三歲的老樹當作柴燒掉，來祭祀一隻死去的重要豹子。當時，也不知道祖先從哪兒弄來的火，燒著了那棵大樹，但是，好幾天過去了，那棵大樹身上的火仍然慢慢燃燒著。有一隻豹子實在不耐煩了，找來了一根樹枝去撥了撥那火，這一撥完火馬上更旺了起來，而且燒得漫天都是煙，不過眨眼的功夫，那棵大樹就化成像土一樣的細塵從天空慢慢落到了地上，和地上的土摻和在了一起。這時，一隻渾身淺藍色、帶白斑點的又漂亮又奇怪的小鳥路過這個地方，把他嘴裡含著的一塊大鹿角扔到了地上。結果許多年後，長出了一棵鹿角樹，這棵樹很怪，樹上的鹿角彎彎地指著同一個方向，更奇怪的是，這棵樹會發出火花來，在晚上特別耀眼。由於這棵樹屬於多麥家族，所以只有多麥家族才能使用。菲其格看它像樹，就叫它火樹，後來他們遷移到哪裡，就把火樹帶到哪裡。

菲其格把一大塊鹿肉和一大塊羊肉用火烤熟以後，送給妮兒，並給西典半隻烤好的羊腿。

妮兒覺得這頓飯吃起來特別香，這畢竟是她自己親手捉到的獵物嘛！

太陽照在這個小小家族的領地上，周圍充滿了色彩—綠得不像話的樹，漂亮得不想凋謝的各種花。抬頭看是清澈的藍天，漂浮著斑斑點點的雲彩，還有躺起來鬆軟的草地。這一切讓早就醒了的妮兒仍然不願起來。

可是無意中她發現西典不見了，這下她可再也睡不著了。

「西典……西典……西典！」妮兒焦急地喊著。

她到處都沒找到西典。為了看得更遠，妮兒只好爬上多麥家族領地中最高的一棵樹上。

原來在那兒呢，菲其格、坦塞、萊比亞、珊蒂也都在那兒呢，在火樹旁邊。 他們正在向西典介紹火樹的歷史呢。

妮兒這時突然想起今天的課。於是，她找到了少葉樹，還好，少葉樹才剛剛掉了九片葉子，正是該上課的時候了，她急忙跑去找菲其格。

「對不起，我知道現在不該打擾你們講歷史。」妮兒客氣地說道，

「但是我想，現在少葉樹已經掉了九片葉子了，是不是到了上課的時候了？」

「可是課已經上完了。」珊蒂說。

「難道萊比亞忘了通知你嗎？」珊蒂看了看萊比亞。

「妮兒，昨天我和他們幾個研究過了，」菲其格認真地解釋，「他們把你每節課的情況都跟我講了。萊比亞說你對家規已經瞭解了，這很不錯。我知道你都會了。珊蒂說你對『數學』很認真。這很好。但很抱歉，『數學』課已經上完了。還有就是坦塞說你不會捕食，我考慮過了，這也可以原諒。所以這節課也被取消了。」菲其格詳細地說道。

　　「那麼，我算是學完了？」妮兒滿臉興奮地問。

　　「是的。」

　　妮兒不用上課了，她打心裡高興。於是，她來到了小河邊，準備到河裡抓幾條魚回去，讓大家嚐點鮮味。剛抓到一條魚準備上岸時，妮兒突然被眼前的一幕嚇呆了，一隻長著兔子的耳朵、魚的尾巴、渾身淺藍色帶白斑點的鳥從水中飛了出來，落到了妮兒面前。

　　「妮兒，不用害怕，現在，我先來介紹一下自己。」奇怪的鳥一邊梳理自己的羽毛一邊說。

　　「我叫印得。是一隻生活在地球心臟裡的快樂的鳥，主管地球上所有的動物。我就是所有動物的上帝，就像人類的上帝一樣。我現在已經五十多億歲了。我看見過地球的變化，沒錯，親眼目睹。」

　　妮兒早就看傻了眼，愣了半天才回過神問道：「你找我

有什麼事嗎？」

「當然有啊，我想送給你一些東西，它們會在你最需要的時候幫助你。」

「那你為什麼要給我東西呢？」

「因為你是豹的孩子，有愛心，心地單純，你懂得人類和豹子的語言，所以我才選中你的。」

他接著又說：「你得到這些東西後，就會經歷和發現奇妙的事情，你就會對萬事萬物更加充滿愛心，你也許會進入永恆狀態，時間對你不會再發生任何作用，你會永遠是現在這個模樣，就像我一樣，不管幾十億年都是這個樣子。從地球形成到現在，我和人類的上帝都一直在尋找一個地球的主宰者，但一直沒有找到，所以地球雜亂無章，生態環境急劇惡化，動物種類不斷滅絕，人類戰火不斷，我們多麼需要一位地球的主宰者來恢復地球秩序。妮兒，你說對嗎？」

妮兒似懂非懂地點了點頭。

「你也許會成為人類和動物界的和平使者。到時就看你的選擇了。」

印得抖了抖翅膀，不知從哪兒變出了一支畫筆和兩種顏料，一種是藍色，另一種是白色，分別裝在兩隻小瓶子裡，送給妮兒，他說：「你拿著它們，找到幽羊的角，也就是火樹，

你只要把這三樣東西拿出來，取出這兩種顏料一起倒在最高的那個樹枝上，那個時候，你就會得到你想要的東西了。」

「妮兒，我和人類的上帝一起等待你的成功喲！」

妮兒看見印得鳥在一片火光中飛走了。

妮兒看看手中的兩個小瓶子，回想著印得說過的那些話，不管有沒有事情等著她，她都覺得很好玩。

3

和誼之戰

　　從前的多麥家族是所有豹群中最勇猛、最強大的家族，可是好景不長，多麥家族裡的兄弟姐妹不知吃錯了什麼藥，竟然要分裂。也就在這個時候，其他家族趁機聯合起來向多麥家族發起進攻。他們豹多力量大，多麥家族怎麼也不是他們的對手，可想而知，經過這場戰爭，多麥家族原本的幾十個兄弟全都死了，剩下的，也就是現在這四隻了。他們被趕出了原來的地盤，因此不得不搬到安頓家附近的那片森林。但自從發生妮兒事件之後，他們又不得不搬到了這兒。現在，別看多麥家族看起來勢單力薄，附近的豹子家族還都不敢欺負他們。不過，雖然家族之間表面上相安無事，背地裡卻相互仇視，伺機擴大領地。戰爭說不定哪天就會爆發。

菲其格身為多麥家族最年長、最有發言權的人物，曾幾次想與鄰邦結成朋友，也就是和睦共處，彼此誰也不干擾誰，大家都平平安安地過日子。可是只有多麥家族願意也不行啊，其他的家族都不同意，冷戰也就在無聲中進行著。

　　「菲其格，既然他們不願意，那我們不如給他們點兒顏色瞧瞧。」一向有勇無謀的坦塞老是這樣建議。

　　「坦塞，這怎麼可以！他們多少人啊，我們可惹不起，說實話，他們沒有欺負我們就不錯了，你還想教訓人家，他們不把你吃掉才怪。你啊，什麼時候能學學人家，別老是這麼衝動。」菲其格在碰到坦塞的建議時，總是這樣說他。

　　在平時，多麥家族就和其他家族不一樣，不是因為他們有妮兒和西典，而是另有原因─他們家族擁有可以計算時間的樹：少葉樹，這棵樹不多不少正好有二十四片葉子。它每一小時就掉一片葉子，一天正好掉完。到了第二天，又長好了二十四片葉子，菲其格發現這個規律後，大家做什麼事都方便多了，因為只有多麥家族掌握了時間。還有，他們家族的火樹……

　　也正是因為這些特殊原因，最近坦塞不知從哪兒聽來的消息，聽說凱門琳薩家族要來與多麥家族談判地盤。說得好聽是談判，其實就是來宣戰。

　　炎炎烈日照在地面上毫不留情。附近的小河早已斷流。喝水，成了菲其格最頭疼的事，幾乎每年的這個時候，他們都會遇到這種情況。

　　連空氣也熱得乾巴巴的，妮兒根本沒有心情玩耍，也許從某種角度來說，人類還不如豹子耐熱。

　　「大家都跟我去找水，妮兒，你留在家裡看家！」菲其格帶領其他豹子去找水了，妮兒於是留下來看家。她是一個好勝心強的人，不願意一個人坐在家裡無所事事，於是，便四處溜達著，看看有沒有什麼事可以做。

　　無意中，她發現自己來到了凱門琳薩的領地裡，看到自己的腳已經超出了分界線，便機警地將腳收了回來。要是被他們家族的小盧發現了，非把她吃了不可。妮兒剛要往回走，就聽見了腳步聲，她趕快躲在灌木叢後面。腳步聲在她面前停了下來，緊接著是一陣談話：

　　「幫特，他們出去找水了，今晚大概回不來了。不如，我們先把地方佔了，再⋯⋯」一個聲音說道。

　　「哎，這怎麼行呢，我看我們還是等他們回來光明正大地打吧。」另一個聲音說。

　　「我支持幫特的意見，我們一定要光明正大，幹嘛偷偷摸摸的。」又是一個蒼老的聲音。

「可是……」

「可是什麼，沒什麼好說的，幫特什麼時候需要你來教訓呢？好啦好啦，你還沒長大，就先聽我們的吧。」那蒼老聲音說話的內容，用人類的話來說，像是在巴結那個叫幫特的。

「哎呀，布姆，何必這麼認真呢，大家在一起不就是為了一起討論嘛，再說，小盧說的又不是沒道理。我們也不是不能採納。這樣吧，如果明天上午他們還不回來的話，我們就來個先下手為強。」這番話肯定是那個叫什麼幫特的豹子說的，妮兒聽得心驚肉跳。

「好了，我們回去吧。布姆，你別生氣嘛，小盧畢竟還年輕。」幫特老好人似的又說。

妮兒愣在那裡，真不知道該怎麼辦好，不管怎麼樣，可怕的一天終於來了。她現在得趕快找到菲其格他們商量對策，可這等於是大海撈針啊，這個辦法可行不通。怎麼辦呢？

「對啊。」妮兒好像突然來了靈感，想起了什麼似的。

她曾經聽菲其格說過，火樹的火是會認人的，它不會燒傷多麥家族裡的任何一個人。

正因為火樹有這種優點，所以很值得利用。

說到做到。妮兒迅速趕了回去，並用一些石子作為記號，把鄰近凱門琳薩家族的多麥領地圈了起來。不錯嘛，很規

則的圓形嘛。

　　把地圈出來之後，妮兒又清理了周圍的雜草，放到圈子上，然後，又找來一根木棍，在火樹上點著了火，然後扔到了圈子上。瞬間，圈子著起了火，火苗一點一點地按著圓形路線前伸。妮兒這麼做的目的是讓火形成一道保護牆。這樣，多麥家族可以進出自如，而其他家族的豹子卻進不來。

　　妮兒坐在圈子裡，看著火苗燒不到自己，感覺真不錯。

　　「幫特，多麥家族那兒著火啦！」布姆驚慌地吼著。

　　「什麼？」幫特問。

　　「這是真的，不信你看，那邊紅紅的是什麼？」布姆稍稍冷靜了些說。

　　幫特朝多麥家族的領地望去，天哪，真的著火了，這可怎麼辦才好？

　　「菲其格太狡猾了，他竟然用那個東西對付我們，一定是我們剛才的談話被他們聽到了。該怎麼辦才好呢？啊，對了，小盧，你快快去把樂西找來，快點！」幫特顯然慌了手腳。

　　「你找我過來，定是發生了什麼驚天動地的大事。」被叫來的樂西說。

　　「當然。樂西，你快說說，那邊是怎麼回事？」幫特問。

　　「你先別急，我看看。」樂西說道。

待樂西看過之後，無奈地說了一句：「尊敬的幫特，我們偉大的首領，很不幸地告訴你，著火需要水來熄滅，而現在最難得到的就是水。」

　　「什麼？」幫特呆在那裡，好半天才回過神，癡癡的樣子好像一座雕像。

　　「其實你也不需要那麼困擾。我們可以靜靜地等。看它能燒到什麼時候。」小盧說道。

　　「哎，對啊，是個不錯的主意。我怎麼沒想到火總是要熄的呢。看來，這個首領要換成你嘍。哈哈，哈哈哈，做得好，小盧！布姆，你還老是奚落人家。」幫特終於又喜笑顏開。

　　「是是是，都是我的錯。小盧真是聰明啊。」布姆此刻變得殷勤了。

　　再說菲其格他們那邊，為了找水，幾乎把整個森林都翻遍了。

　　「看，菲其格，那是什麼？」珊蒂大叫起來。

　　聽到叫聲，大家都奮力跑去。天啊！水！水！一條小溪流不知從哪裡冒出來的。大家誰也不讓誰，爭先恐後地喝了起來。

　　「大家別光顧著自己喝，給妮兒留點兒。」坦塞提醒道。

　　「待會兒我們會的。」萊比亞說。

　　大家盡情地喝了個夠，然後拿出事先準備好的盛水工具，每個都裝得滿滿的帶了回去。

　　「妮兒，妮兒，快來喝水啦！」坦塞大聲喊。但緊接著就愣在了那裡。眼前出現了一片火海……

　　「妮兒，你怎麼放火呢！可別說不是你做的，你想幹嘛呀！」珊蒂驚恐地問。

　　「哎，先別說，讓她喝口水再說吧！」菲其格邊說邊取下身上的水遞給妮兒。 妮兒一飲而盡之後，連忙說道：

　　「你們去找水的時候，我無意間走到我們和凱門琳薩的邊界，聽見一個叫幫特的豹子說要偷襲我們。他們原來定好了說要先佔領我們的地盤，再和我們打。後來可能是由於良心發現，他們改成如果明天上午你們還不回來，他們就動手。我聽了以後，決定用火來對付他們。因為火是我們的防護牆啊！」

　　「你很聰明，知道利用火。不過你仔細想想，等火滅了，他們還是照樣能過來，所以，我們應該想想另一種辦法。」菲其格說。

　　「我看，跟他們拼了算了！」萊比亞有些衝動。

　　「不行，萊比亞，你可不能衝動啊！」菲其格一口否決。

　　「那，要不我們派人去和他們家族議和吧！」妮兒說。

「我也不是沒試過，可是對方不同意。」菲其格輕描淡寫地說，但是誰都能看出來他真正的心情。

　　「我們乾脆換個地方好了。」珊蒂怯怯地說。

　　「呸呸呸，也不看看你在說什麼呢！我們這塊地盤是那麼容易得來的嗎？我們是那麼好欺負的嗎？你呀！」大家都這麼說。

　　「那你們說該怎麼辦？」珊蒂問。

　　「我們可不可以把放火到他們的領地上呢？」妮兒建議。

　　大家都愣住了。

　　「他們怕火，又沒有水，所以……」

　　「真是太好的建議了。」菲其格激動得差點兒說不出來話了。

　　頭一次受到別人的誇獎，妮兒顯然不知道該說些什麼才好，只是一味地微笑，心裡高興著呢！

　　於是，菲其格要大家先休息，準備等對方睡覺以後再行動。

　　「坦塞，你不覺得今晚的星星特別亮嗎？」妮兒問坦塞。

　　「是啊，好像星星在替我們照路呢！」坦塞回答。

　　當少葉樹掉了二十二片葉子的時候。

　　「大家醒醒，醒醒，該工作了！」菲其格叫醒了大家。

大家以最快的速度起床，來到火樹前。

「火樹啊火樹，多麥家族就全靠你了！」菲其格對著火樹祈禱著。

大家紛紛拿著木棍點燃了火。按事先分派好的，他們分別站在凱門琳薩家族領地周圍，菲其格看準了方向後，第一個把火棍放了下去。離他最近的坦塞看了，也把火棍丟了下去。一個接一個，這火好像聽懂菲其格的話似的，一碰到地就一下子燃燒起來。凱門琳薩很快就被大火困在了裡面。

「勝利嘍！勝利嘍！」妮兒高興地喊道。

「噓，別喊，這才勝利了一半而已。」菲其格提醒大家。

「我們看看他們有什麼反應！」珊蒂笑著說。

過了一會兒，就聽見有一個聲音說：「哎喲，多麥家的火怎麼好像燒到我們這邊來啦！」這一聽就是布姆的聲音。

大家強忍住笑。可是這實在是太好笑了。

「啊！天啊！火……火……，火啊！火啊！」布姆好像被燒到了。

「怎麼回事，大半夜吵吵嚷嚷的？」幫特說。

妮兒好像突然想起了什麼事，便問菲其格：「菲其格，為什麼我們這兒的豹子都在晚上睡覺呢？」

「唉，我們也不想，只不過這兒有一種草，名叫『特奇涅

花』，一到晚上就散發出使人暈眩的香味，不睡也不行啊。」菲其格說。

「原來是這樣啊！」妮兒說。

「快看，菲其格，好戲開始了！」坦塞嚷嚷道。

只見幫特大喊大叫，在圈子裡來回跑，還被嗆得直咳嗽。

「大家先等一會兒，等他們忍不住了，就會找我們去幫忙的。放心，他們那裡沒有水，我們這裡有，他們絕對得投降……」菲其格興奮地說。

「幫……特，快快去叫多麥的人，只有……咳咳咳……」小盧說。

「不行，我寧死也不求他們！」幫特堅定地說。

「幫特，你怎麼這麼固執！現在只有投降了！要不然就得被活活嗆死、燒死！」小盧罵著說。

「什麼時候輪到你來教訓我了！」幫特氣得快要炸肺了。

「幫特，平時我們聽你的，是給你面子。今天，你總不能為了你自己的面子而害了這麼多弟兄吧！」小盧說道。

「什麼……你們……布姆，你說，你說！」幫特怒氣更大了。

布姆什麼都沒說，要是往常他早就出聲了。

「你們！好，你們去投降吧！你們這些叛徒！」幫特無奈地說。

「這可是你說的！」小盧惡狠狠地說道。

小盧立刻大聲宣佈：「那既然如此，兄弟們，以後我就是你們的首領！你們誰有意見？」看著小盧兇狠的眼神，又有誰敢說「不」。

「那麼，按照新首領繼位的規則，我們應該做什麼？」小盧又說話了。

「殺死幫特！殺死幫特！殺死幫特！」大家擁護地喊。

此時的妮兒她們已經看呆了，他們可沒想到會有這樣的後果，內訌開始了。

「菲其格，這是真的嗎？」坦塞努力眨眨眼睛說。

「對啊！怎麼會這樣……」妮兒吃驚地說。

「怎麼，你們怕了？這樣更好啊，省得我們動手了！」萊比亞說道。

「是啊，是省得我們動手了，不過你看現在那個叫小盧的這麼惡毒，要是他們投降了，但緊接著又變卦，怎麼辦？」菲其格說。

「那也總比幫特在的時候死撐著強啊！」妮兒說。

那邊傳來一聲撕心裂肺的慘叫，準是幫特完蛋了。坦塞

趕緊向外望去，幫特果真倒在地上不動了，而小盧滿嘴是血。

「我早就覺得小盧野心不小。」妮兒說道。

顯然，菲其格也有些害怕，因為所有剛剛繼承新任統領的豹子殺心都很大，幾乎見到誰就想殺誰。真是不出所料，以前最得寵的布姆也倒下了。

「走吧，是時候了。」菲其格說。

大家都跟在菲其格身後，小心翼翼的。

「哈哈哈，菲其格，你終於來了！」小盧說。他臉上有些猙獰、陰森。

「說正事，如果你們答應不再打我們的主意，我就放過你們，不然，我讓火燒得更旺！」菲其格開門見山地說。

「不就是你們家那塊地盤嗎，只要你給我們留條生路，我甚至可以把我們的地盤讓出來！」小盧說。

菲其格深知現在救了他們，他們肯定會翻臉不認人的。只有先磨磨他們的銳氣。

「你是新任的凱門琳薩首領，我們大家應該和和氣氣的，我怎麼會要你的地盤呢？實不相瞞，我們這兒也沒有足夠的水，有一點還都喝光了，你看我們也是心有餘而力不足啊。」菲其格假裝歎息著說。

「哈哈哈哈，你可真會開玩笑，沒有水，你怎麼會放火

呢！」小盧放低了聲音，爭辯說。

「不信呀，我們家也燒著呢！不過對不起，可能是夜裡風大吧，我們家的火刮到你家來了。」菲其格說。

「放屁！你們唬誰呢！我看你們是敬酒不吃吃罰酒，咳咳咳……」小盧翻臉說。

「那既然如此，我們也就不打擾了，坦塞，我們回去。」菲其格大聲說。

「哎哎哎，有……咳咳……有話好好說……咳咳咳……」小盧求饒地說道。

「老實跟你們說，我就是認為你們會翻臉不認人。」菲其格說。

「我……我們發誓，要是翻臉不認人，你們隨便怎麼處置都行。」小盧艱難地說。

「光說怎麼能信得過呢？要不這樣吧，我們現在去幫你們找水，能不能找到，那就要靠你們的造化了！」菲其格一副無所謂的樣子。

「別呀，別呀，你看我們都已經求你了，你就……」現在的小盧好像一點銳氣都沒有了。

「那好，我答應幫你們，不過你們記住，這次是個教訓，下次你們再敢打多麥家的主意，我們就讓火燒得更旺！」菲其

格說。

　　說著，他們就回去準備水了，但菲其格私底下偷偷讓妮兒留下來聽聽小盧他們說些什麼。

　　妮兒躲起來謹慎地偷聽，不一會兒便聽到了這樣的對話：

　　「小盧，你真的投降了？」

　　「你說呢？」

　　「嘿，還是你高明，高明！」

　　「一會兒，大家看我的眼神行事。」

　　糟了，妮兒心想，他們真的會翻臉不認人的，於是妮兒趕緊跑了回去。

　　「菲其格，真是糟透了，他們真像你想的那樣，準備在你放他們的時候把我們一網打盡。」

　　「什麼？你有聽清楚？」萊比亞問。

　　「騙你們幹嘛，我真的聽清楚了。」妮兒說。

　　「這幫傢伙，我們就讓火燒著，嗆他們一晚上，嗆死他們算了。」坦塞生氣地說。

　　「看來，小盧的銳氣還蠻大，我們索性煞煞他。」菲其格說。

　　用人類的時間計算，差不多二十分鐘過去了，他們這才

過去看，只見那裡的十多隻豹子已經倒下四隻了，就連小盧自己也趴在那裡，奄奄一息了。

「我想，我們絕對不會幫助一個臨死也還想著陷害別人的家族。」菲其格說。小盧沒有說話，他已經快沒有說話的力氣了。

「我們想過了，對不起。菲其格，你看到沒有……這兒……已經倒下四個兄弟了，我也……這個樣子了，我上哪兒去翻臉不認人呢？如果……如果……咳咳，不信，我可以把象徵凱門琳薩的徽章交給你保管。哎，克姆你去把徽章拿來……」小盧艱難地說。

克姆不知從哪個樹洞裡拿出了徽章，交給小盧。小盧看看它，真不知道該說什麼好，最後，他終於把它給了菲其格。

「西典，快去拿水！」菲其格高興地說。

「好的！」

「嘩……」只用一點點水，火就全滅了。

小盧抖抖身上的灰塵，深呼吸了一下。說道：「謝謝……咳，咳，你們救了我們家族，今後我們兩家井水不犯河水，怎麼樣？」

菲其格笑了。這才是他想要的結果。

整片森林也似乎發出了笑聲。

4

吉亞

妮兒看到多麥和凱門琳薩兩個家族結束敵對狀態，友好相處，儘管過程中自己很辛苦，她卻高興了好幾天。

最近，她又聽說離多麥家族不遠的一個大家族－斯里塔，派了一隻豹子來勸說合併。斯里塔家族豹多，地盤小，幾年來，他們發現多麥家族不但地盤大，豹也少，還有許多神奇的工具－像火樹、少葉樹，除此之外，多麥家族竟然還會簡單的數學！種種原因讓他們家族不得不派一隻豹子來勸說合併。

菲其格早就想好了一整套對付斯里塔家族的辦法。他說什麼也不會同意合併，多麥家族的利益是至高無上的，但是又不能傷了大家的和氣，畢竟斯里塔家族豹多勢眾。

在斯里塔家族派使者來的前幾天，可把多麥家族忙壞

了，他們要準備很多食物來招待那位貴客。為此，菲其格還不停地往山洞裡儲存食物。

一切準備得差不多了，那隻豹子今晚要來。這次，菲其格沒有點起火，他怕暴露多麥家族的那棵火樹，所以早就把野豬身上最好的肉烤好給妮兒和西典了，並再三囑咐她們在少葉樹掉下十八片葉子之前別回來。看來，菲其格是真想讓多麥家族看起來正常一點。

那隻豹子來得很準時，也很有禮貌。讓多麥家族感到很不自在的是，他說話總是很小心很謹慎，只要稍微一談到斯里塔家族，他就會轉個話題，對於他的家族，一個字也沒有多提！這還不算什麼，在他講話的語氣裡，老是拐彎抹角誇多麥家族，這種舉動，誰看了都知道他到底是什麼目的。

轉眼，少葉樹已經掉下十八片葉子了。西典和妮兒準備回家去了，在漆黑的野外，她們隨時隨地都有可能成為別的動物飯後的甜點。

妮兒和西典一個留意前方、一個注意後方地朝多麥家族地盤走去。她們今天已經犯了個錯：她們走出了多麥家族的地盤！現在，妮兒一邊走一邊觀察前方的情況以及回家的路；西典倒著走，觀察後面是否有猛獸會偷襲。妮兒也不清楚她們目前在哪兒，因為黑暗裡的樹林看起來都一樣。也可以這麼說：

她們迷路了！

　　「別動，西典。」妮兒小聲地說。

　　「我看見前面好像有片草叢在動。」妮兒把聲音壓到最低。

　　「我們是不是應該靠到我旁邊的這棵大樹上？」西典問妮兒說。

　　「你說的對。」妮兒也有同樣的看法。

　　「現在我們安全了。」靠在大樹上的西典說。

　　「不。」妮兒補充道。

　　「你那塊吃剩的烤肉呢？」妮兒問西典。

　　「在這裡。」

　　「聽著，等我數到三，你就把那塊肉扔到離我們最遠的地方，越遠越好。」

　　「沒問題。」西典肯定地說。

　　「一……二……三！」西典用力將烤肉扔了出去。果真，那草叢中馬上就竄出來一個東西，朝那烤肉的方向跑去。

　　斯里塔家族派來談判的那隻豹子沒有說服菲其格他們，就死纏硬磨地非要在這兒住下。

　　說實話，菲其格非常擔心妮兒和西典，他很清楚夏天黑暗的樹林裡有多危險，可是那隻來談判的豹子卻總是要和他談

這談那。沒辦法，菲其格只能一面暗暗擔心，一面毫無心思地聽著那隻豹子的大話。

「菲其格，真不好意思，一整天光顧著傳達我們王的願望，還沒介紹我自己呢。」那隻豹子說道。

「我叫拉達。」他不顧別人聽還是不聽，繼續說道。

接著，拉達又說道：「是斯里塔王的左下紅使。」

「噢，嘿，啊……」菲其格心不在焉地隨口答應著。

「你知道什麼是左下紅使嗎？」拉達好像努力在引起菲其格的好奇心。

「噢，嘿，啊，啊？啊，不知道。」菲其格早就忘了主題。

「那就好。我為你解釋一下什麼是左下紅使吧。」拉達看起來一點也不著急。

「左下紅使、左下藍使、中上地使，我只算第二級。要知道中上地使才是最高的。但是，儘管如此，我們王從不信任中上地使，每次有重要的事，都會指派我做，就像這次。」拉達驕傲地說。

「我勸你還是加入我們家族吧，我們每天有享用不盡的食物，晚上有別的豹子保護你的安全，你還可以繼續當首領，何樂而不為呢？」拉達試探地問。

「啊，噢。」菲其格回答道。

「那你是同意了？」拉達高興地問。

「啊，不，噢，我是說，我們是不是可以慢慢商量，我今天有些頭疼。」菲其格趕快解釋。

拉達見狀，過了一會兒又說：「那就明天再說吧！」說完他就趴在地上睡覺了。他決定養足精神，明天和菲其格耗到底。

現在，妮兒和西典處於高度警戒的狀態，可能是由於這個原因，她們很快就餓了。西典身上剩的那塊烤肉早就為了引開也不知道是什麼的動物而扔掉了，現在她知道，最不應該發生的情況就是餓，如果餓的話，她們遇到野獸，跑都跑不動了。所以，妮兒決定到她靠著的那棵大樹上去看看有什麼果子可以吃。

不過，妮兒總是很謹慎，她退後幾步，仰頭看看那棵大樹，這不看還好，一看，真的嚇了一大跳！就在她們依靠的樹上，竟然趴著一隻又大又肥、看起來很凶惡的野獸！妮兒的心猛地跳了一下，她拉住西典，朝她做了一個手勢，意思是快走，因為她突然想起以前菲其格曾講過的一個故事，提到一種野獸，它又肥又大，晚上喜歡爬上高高的樹上睡覺，它們睡覺時非常警戒，只要聽到一點兒聲音就會馬上下樹察看。如果它

在樹下沒看到東西，就會爬回樹上，你如果被它看到，不管是不是你發出的聲音吵到它，它都會馬上把你吃掉，連骨頭也不剩。它們通常利用晚上休息，白天則行蹤不定，神出鬼沒。

但是，為什麼動物看見它連跑都不會跑了呢？就是因為它恐怖的長相—它的臉是白色的，直接露著骨頭，它的眼睛深深地凹陷下去，眼球很小，並且和眼睛的顏色一樣。更恐怖的是，它們沒有鼻子，嘴已經長到鼻子的地方代替了鼻子，它們就是用嘴呼吸的，因為這樣，它們成天流著口水。它們的名字叫布樂家怪獸。但是菲其格也提到，這種怪獸不會輕易出現，往往要隔許多年才出現一次。它們的習性有點像大雁，喜歡遷徙。它們遷徙的時候，往往帶著一片樹林，是的，所有的布樂家怪獸聯合起來，足以推動一大片樹林！菲其格年輕的時候，曾經看見過它們，不過他逃了出來。

「天啊！」妮兒想到這兒，不敢再繼續想下去了，只在心裡大聲叫著。但她很快又冷靜下來，小心地朝西典做了個手勢，意思是從現在開始，連呼吸的聲音都要壓到最低！

不過，妮兒突然又想起來布樂家怪獸有一個習性，那就是：只要跑出它們的樹林，布樂家怪獸就不會再去追你了，因為它們一步也不會離開那片神奇的樹林，是的，那是一片神奇的樹林。

可是，即使是這樣，她們現在也跑不出去呀，因為她們根本辦不清方向。妮兒和西典站在黑暗的樹林中，甚至不敢呼吸。四處樹枝上都是布樂家怪獸綠色的幽幽目光。妮兒終於想到了一個主意，印得曾經說過，他主管所有的動物，那說明，所有的動物都怕印得。只要讓印得出現……

　　想到這兒，妮兒毫不猶豫地拿出了藏在身上的畫筆，在自己的身上畫了一個鳥的頭，又在這隻鳥的頭上畫了兩隻兔子的耳朵，在它的後面畫了一個魚尾巴。又在西典的身上也畫了同樣的一隻印得。

　　妮兒還是有點不放心，萬一布樂家怪獸不認識印得怎麼辦？但是，這也是沒有辦法中的辦法，如果真行不通的話，就只好被它們吃掉了。

　　一切準備就緒，妮兒和西典轉過身，深呼了一口氣，眨眼間，原地就看不見她們了。她們像風一樣跑了出去，說實話，她們也不知道該往哪兒跑，只祈禱不要跑進死路。奇怪，她們一跑起來，反倒沒那麼怕了，這可能是人的本能吧。

　　正像預料中的一樣，她倆跑動的聲音，引來了全樹林所有的布樂家怪獸，它們一起追趕著妮兒和西典。本來就餓得不得了的西典和妮兒就快跑不動了。妮兒不知道再跑下去會怎麼樣，她猛地轉過身，把畫在身上的印得朝向所有的布樂家怪

獸，她閉著眼睛，生怕看到它們恐怖的臉。西典也照著妮兒的樣子，緊閉著眼睛，轉過了身子。

過了一會兒，她倆只覺得一陣劇烈的晃動……

剛才那陣劇烈的晃動，是布樂家怪獸遷移樹林的聲音！現在，妮兒和西典已經安全了！可是為什麼布樂家怪獸移動樹林的時候沒有把她們移走呢？因為她們已經不屬於那片樹林了。

天亮了，妮兒和西典回到了多麥家族的領地，坦塞正在那兒滔滔不絕地講著他的方案，而菲其格、萊比亞還有珊蒂在商量怎麼去找妮兒和西典。

「我們回來了。」妮兒大聲說道。

菲其格第一個轉過頭，看到了妮兒和西典。

「天哪，她們回來了！」菲其格高興極了。

「噢，真的，是她們回來啦！我真不敢相信自己的眼睛。」珊蒂說道。

「誰不是這樣呢？」萊比亞又補充道。

「妮兒，西典，昨天你們怎麼沒回來呢？」菲其格關心地問。

「因為我們不小心闖入了布樂家怪獸的領地。」妮兒回答道。

「什麼？布樂家？」菲其格簡直不敢相信自己的耳朵。接著，他又嚴肅下來，對坦塞、珊蒂和萊比亞說道：「這幾天大家不要亂走，更不要進樹林……」

　　不過，他的話被妮兒打斷了：「不用怕，真的，大家用不著怕，我和西典已經把它們趕跑了！」妮兒自豪地說道。

　　「不信你看……」剛要說出口的話，妮兒又嚥了回來。還好，她沒有洩漏秘密。

　　「不跟你們說了，你們誰愛相信就相信吧！」妮兒氣呼呼地走了。 其實，妮兒是想找機會到河邊趕快把身上的印得洗掉。

　　「妮兒，你畫的那是什麼呀，你怎麼說是你把那些怪獸趕跑的呢？」西典不解地問。

　　「啊？噢，其實我只是想逞威風而已。」

　　「那你畫的那是什麼呀？」西典又追問道。

　　「哎，其實也沒什麼，就是些怪獸。」

　　妮兒又接著說道：「你不是沒看見嗎？現在，你身上畫著的那個就是我跟菲其格說的布樂家怪獸。」這是妮兒第一次撒謊。

　　說著，妮兒脫下衣服，在河裡用力地洗了起來，邊洗邊對西典說：「快來，你也來洗一洗，洗掉昨天晚上那場可怕的

夢。」

妮兒覺得把昨天晚上的事比喻成夢，也許西典會忘得快些。

洗著洗著，妮兒的手被什麼東西扎了一下，她把衣服拿到岸上抖一抖，掉出來一個渾身長滿五顏六色的刺一樣的東西，看上去就像一粒蒼耳種子。在它後面還有一道裂縫，妮兒看到這顆奇怪的東西，趕緊塞進了自己的獸皮裙子裡。

晚上，大家都睡著了，妮兒悄悄地爬起來，躡手躡腳地來到白天洗衣服的那條小河旁，藉著月光，拿出那顆奇怪的刺球。她屏住呼吸，用手指甲向那道裂縫上摳去，她還沒有確定這個奇怪的東西到底有沒有毒，也有可能她一剝開就會被毒死，但也有可能會給她帶來好運。

妮兒在心裡默默地數到三。

「啪！」那個奇怪的東西裂開了，妮兒嗖一下把它扔出了老遠，這東西掉到地上，不一會兒，從它裡面跑出了好幾顆豌豆大小的橘紅色的小豆子，它們跳到了河邊的濕地上，濕地上就出現了一個一個的洞，它們接著就跳進了那個小洞裡。更不可思議的是，旁面的泥土會自動覆蓋回去。

妮兒在月光下看到了這一切，她簡直不敢相信自己的眼睛，懷疑自己像是不是還在做夢……

這幾天，妮兒除了樹林和睡覺的地方，哪兒也沒去。她怕自己走著走著，會不自覺地來到那條小河旁，看到那些種子埋藏的地方，會不會又為她帶來另外一個「印得事件」……

　　可是沒幾天，事情就被發現了，是珊蒂發現的。她驚奇的大叫聲引來了多麥家族所有的成員，大家都驚奇地看著這棵樹—樹幹是紅色的，樹葉是白色的，樹上的果子不斷地往外流出黃色的濃汁。菲其格從來沒有見過這種樹，所以不知道怎麼處理這棵樹，唯獨妮兒不覺得奇怪，她心裡知道，又有新的麻煩等著她了。

　　坦塞看見這往外流汁的果子，實在忍不住了，他爬到樹上，伸出前爪朝果子最多的樹枝上拍了幾下。

　　「啪……啪……」果子掉到了地上。

　　雖然大家都想嚐嚐這個果子，可是憑菲其格多年的經驗，還是非常擔心，他怕大家吃了會中毒，而多麥家族不能再少豹子了。

　　但是儘管有菲其格阻攔，大家還是禁不住誘惑決定嚐一嚐。

　　「等等。」妮兒開口了。

　　「我去捉一隻野雞來，讓它先試一試，如果沒毒，你們再吃。」

說著，妮兒已經跑了老遠。

當坦塞饞得口水都快流乾了的時候，妮兒回來了。

大家費了一番工夫，才讓那隻野雞吃下了一點果子。

坦塞緊張地注視著那隻野雞，等著看它出現什麼反應。

在緊張的氣氛下，時間往往過得很慢，過了好一會兒，少葉樹掉了一片葉子了。那隻野雞仍然沒事。大家放下心來了，坦塞第一個衝上去，大吃了一口，可萬萬沒想到，果子竟然是鹹的！

「呸，這是什麼鬼東西呀！」坦塞不禁罵道。

「怪不得連蟲子都不往它身上飛！」萊比亞跟著一起生氣。

「噢，我叫你們別吃，但你們不聽，怎麼樣，味道還好吧？」菲其格似乎有一些幸災樂禍。

大家散開了，只有妮兒還站在那裡，她決定把果子打開，看看裡面是什麼樣子。她找來一根樹枝，把那個看上去有點像椰子形狀的怪果子撬開，發現裡面有一塊說不清是什麼形狀的透明果肉。妮兒按同樣的辦法又打開了一個果子，裡面也有一塊殘缺不全的透明果肉。妮兒突然想到，如果把這兩塊果肉合在一起，會不會是一塊完整的果肉？她試著去做，結果真的和她想像的一樣，它們真的能結合在一起，並且結合得非常

緊密，就像縫起來的一樣！根據這項發現，她揣測，如果全樹的果子都打下來，取出它們的果肉拼在一起，說不定會有什麼新的資訊。

她爬上樹，用隨地撿來的一根樹枝在樹上拍打。轉眼間，果子落了滿地。可是樹上，彷彿還是那麼多果子！妮兒打累了，下了樹，看著這滿地的果子，不禁大叫道：「天啊，這麼多果子，我要剝到什麼時候啊？」的確，掉到地上的果子少說也有一百多個。

天黑了，妮兒還在努力地剝著果皮，現在，她已經剝開六十多個果子了。在小河邊上，她把果肉拼成了一個透明的桃子圖形，在月光的照耀下，透出水晶般的光澤。

少葉樹僅剩下四片葉子了，妮兒只剩下四個果子了，那塊果肉拼圖也還有四塊就拼完了，妮兒為之精神一振，手也恢復了力氣。終於到了最後一刻了，妮兒背靠著月光，讓月光儘量照到那顆「桃子」上，只見「桃子」更透明了。「有什麼好猶豫的，趕快拼呀！」妮兒對著自己哆嗦的手說道。終於，她把最後一塊果肉拼到了「桃子」上。

「噢，天哪！」妮兒睜著大大的眼睛，她驚訝地看見「桃子」在飛快縮小，竟然變成了一個比水晶還要稀少的看起來既透明又有很多種顏色的立體三角形，它有四個三角形的面，每

個面都是一個漂亮的顏色。更令人難以置信的是，在它的裡面竟然有一隻雪白的鴿子！當然，它也是被縮小了的！

　　這個神秘的三角體掉到了地上，好像要讓妮兒去撿的樣子。妮兒向後退了兩步，確定它沒有危險後，輕輕地走到這個東西旁邊，把它撿了起來。妮兒心中有股念頭，覺得那隻小鴿子好像會說話。

　　「你好。」妮兒小心翼翼地對手裡的三角體說道。

　　「你才好呢，沒看見我被關在這裡嗎？」那隻鴿子氣呼呼地說道。

　　妮兒什麼也沒說，她一面驚訝，也不知道該說什麼好。

　　鴿子見她這樣，有些不好意思，覺得剛才的話有些衝了。

　　「抱歉！」鴿子客氣多了。

　　「我是來找人的。」它又解釋道。

　　「噢，對了，你認識妮兒嗎？」鴿子問。

　　「噢，是的，我就叫妮兒。」妮兒為自己解釋說。

　　「什麼，你？」鴿子顯然不太相信。

　　「是的，多麥家族兩個人類中的一個。在這塊土地上生活了五年。」妮兒回答道。

　　「噢，天哪，你要是早點去巴山維爾就好了，我也省得每

天晚上犧牲睡覺的大好時光去等你了。不過現在還來得及,你說你什麼時間來不好,非得那天晚上來呢?當看見你驚慌的樣子後,我就改變了主意,不想在黑夜裡出現在你面前,怕嚇著你,所以我就變成了一粒帶刺的蒼耳種子粘到了你的衣服上。跟著你一起跑出了巴山維爾。」

妮兒打斷了那隻鴿子不著邊際的話問道:「什麼是巴山維爾?」

「噢,就是滿滿一樹林的布樂家怪獸的林子。」鴿子漫不經心地回答著。但緊接著,它又說道:「好了,現在我要介紹一下我自己了。我希望在我說話的時候你不要打岔。」

「噢。」妮兒聽話地答應。

「我叫吉亞,八年前就住在這個小房子裡了。它看上去可能不算豪華。我是一隻不喜歡和平的和平鴿,也就是因為這個,我才被印得給帶到了這兒。我每天都在聽著印得講戰爭故事,終於認識到了和平的重要性。一天,印得又來了,我向他說我已經認識到了和平的重要性,要求他放我出去,可是他不信!他要我用行動證明給他看。我不知道怎樣行動。他說只要我能找到妮兒,一個生活在豹群中的孩子,我就會重新獲得自由。」

妮兒聽了吉亞的自我介紹,再看看水晶三角體裡的它,

真為它感到可憐。

「能幫我弄點水嗎？」吉亞的嗓子已經乾了。

「啊？」妮兒一驚，「噢，水呀，你等一下。」

妮兒用剝下的果殼到小河邊舀了一點兒水。

「但是，你怎麼喝呢？」妮兒問。

鴿子用嘴指了指上面三角形的一個尖，意思是倒在上面就行了。

妮兒把水倒了進去。真奇怪，水真的流進三角體裡了，妮兒把它貼到眼前，這才看到了上面有一個小孔。

「妮兒，妮兒，有沒在這兒？」西典來找妮兒了。

「噢，我在這兒呢。」妮兒回答。

「快把我藏起來，在我自由之前是不能讓你之外的人看見的，這會給你帶來麻煩。」吉亞緊張地說道。

「沒問題。」說著，妮兒急忙把吉亞和印得給她的那三樣東西裝在了一起。

「妮兒，你在這兒呀！我出來找你半天了，趕快走吧，到大樹下去和菲其格他們會合。今晚上又要開派對了，聽說是萊比亞的生日。」西典高興地說。

「有派對，太好了！」妮兒邊說邊和西典離開小河邊，向林子中最大的那棵大樹走去。

5

達命針

　　星星不知什麼時候變成了雲彩，夜空不知什麼時候變成了藍色，月亮不知什麼時候變成了太陽。

　　新的一天又開始了！

　　今天，菲其格說西典的奔跑的速度還不夠快，一定要珊蒂再帶著西典練習奔跑，並要求妮兒陪練。妮兒雖然暗暗叫苦，但卻不敢違抗菲其格的命令，只好跟在西典和珊蒂身後，來到了林子邊上的那片草地上。草地有平有緩，有起有伏，有高有低，是多麥家族的訓練場。西典和妮兒在珊蒂的帶領示範下跑了幾次之後，妮兒又開始鬱悶起來。

　　這次，妮兒並沒有像以前那樣曬著太陽就能把鬱悶忘掉，她摸摸藏在上衣裡的顏料、筆、吉亞，就沒有心情訓練

了。她只好裝作肚子疼向珊蒂請了假，不知不覺地又來到了小河邊。站在清澈的河水邊，妮兒對著自己映在河水中的倒影認真地對「她」說：「水中的妮兒，你快對岸上的妮兒說，為什麼最近總有奇怪的事情發生？印得，吉亞，他們到底是怎麼回事？在我身上會不會發生什麼事情呢？我可不想當什麼魔法師，巫婆婆。我只想讓動物和人類一起享受陽光，月光，星光，風雨，鮮花，綠地……所有大自然賜給地球的禮物。」

妮兒正想著想著，突然聽到一種怪怪的笑聲，她嚇了一跳，開始她以為是自己水中的影子發出來的笑聲，可仔細一聽，又像是從自己身上發出來的，她忽然想起了吉亞，對，是吉亞。

妮兒急忙從懷中取出吉亞問：「吉亞，是你在笑嗎？」

「是我在笑！」

「你為什麼笑呢？」

「我聽到了你心中的想法，就笑了。」

這又讓妮兒納悶起來，吉亞怎麼會聽見別人心裡的想法呢？這真是太奇怪了。

「你怎麼能聽見我的想法呢？」

「噢，這是我的一種本領，我既能聽見別人的聲音，也能聽見別人心裡的想法。」

妮兒真是大開了眼界，她見到了一隻神奇的鴿子。看著水晶三角體裡吉亞潔白的羽毛，紅紅的小嘴，妮兒從心裡喜歡上了它。妮兒只是不明白，怎樣才能讓它從三角體裡飛出來，獲得自由呢？於是，妮兒想到了用石頭砸、用火燒用火烤、用水泡……想了好多好多辦法，她還在不停地想下去，卻突然聽見了吉亞的聲音：「謝謝你，妮兒，你不用再想了，你這些辦法都派不上用場，你是不是想砸死我，燒死我，淹死我啊？」

　　妮兒聽了吉亞的話，覺得自己很笨。

　　「那你說該怎麼辦？」妮兒問吉亞。

　　「現在還沒辦法，船到橋頭自然直嘛！只要你不扔掉我，我總會得到自由的。」

　　「那你是說，我必須天天把你帶在身邊了？」

　　「是的！」

　　「那好吧！」

　　「妮兒，能給我點東西吃嗎？」吉亞問。

　　「可以，但你怎麼吃呢？」妮兒有些束手無策。

　　「很簡單，你只要把我埋在土裡就行了，我就是這麼吃飯的，然後隔好幾天都不用再吃了！」吉亞覺得自己很有本事。

　　「那好吧，現在我就可以把你埋到土裡！」

　　「謝謝，我早就餓扁了。」

「你要吃多久時間呢？」

「非常快。」吉亞看著土，直流口水。

它看妮兒挖的土很淺，又說：「把土挖得深一些，越深越好。要知道我要隔好幾天才吃一次呢！」

妮兒照著做了。

妮兒把吉亞埋好之後，就在旁邊的石頭上坐了下來，她一面等吉亞出來，一面想著如何讓西典提高奔跑速度的問題，想著想著，竟忘了身旁的吉亞。儘管吉亞不停呼喚，但她還是沒回過神。如果吉亞繼續待在土裡，它的肚皮就快要撐破了！實在忍不住了，終於，它使出全身的力氣，喊了兩個字：「妮兒！」

叫聲把妮兒從思考中拉了出來，妮兒先是一愣，但馬上就想起了埋在土裡的吉亞。她趕快把吉亞從土裡扒出來，只見吉亞已經撐得快要塞滿整個三角體了。

「看來我一年都不用再吃了！」

妮兒把吉亞揣進了衣服裡，不一會兒，妮兒的衣袋裡就傳來了吉亞的呼嚕聲，它睡著了。

「你怎麼跑到這兒了？」西典站在妮兒身後問。

「噢，透透氣。」妮兒隨便找了個理由。

「你身體好些了嗎？」西典關心地問。

「好多了，謝謝你的關心，這回跑得怎麼樣？」

「比上次快多了。」

「那就太好了！」

妮兒聽西典說自己有了進步，就一下子高興了起來。

「走，我請客，我還有一串紅葡萄呢！」於是，西典高興地跟在妮兒身後走回家去。

一路上，妮兒真想把印得、吉亞的事通通告訴西典，想著想著，妮兒晃起身子，想把吉亞搖醒，可是剛搖幾下，她就馬上意識到不能把它叫醒，不能告訴任何人，不能讓別人看見吉亞，因為吉亞曾經說過，如果說出它的話，自己就會有麻煩。

「妮兒，妮兒！想什麼呢？」西典一臉的疑惑。

「我……我沒有想什麼！」妮兒覺得有事瞞著好朋友，心裡很不舒服。

回到領地，妮兒剛要和西典一起去找藏在樹洞內的葡萄的時候，就聽見菲其格正和坦塞他們商量什麼事情，當珊蒂說到西典的速度基本沒問題的時候，菲其格非常高興：「太好了，那我們現在就行動！」妮兒和西典聽見又有行動，立即跑了過來。原來菲其格要帶領多麥家族全體成員去月光林。

「我們要去的地方叫月光林，只有在下弦月的深夜，才能

找到那個地方。我只記得那個地方雖然不算非常遠，可是路很危險，彎也很多，很容易讓人迷路，我甚至覺得那是個神秘的魔鬼地區。小時候我只去過一次，那裡實在太神奇了，雖然只去過一次，而且事隔這麼多年了，可我還是忘不了那條路。」菲其格興奮地對大家說。

西典早就有一肚子的問題了：「那菲其格，你說的那個地方為什麼只有在下弦月的晚上才能看見它呢？那平時它到哪兒去了？」

「對啊，菲其格，為什麼那麼好的地方你只去過一次？」萊比亞也一臉疑惑。

「這個，這個，我……我不知道，這是多麥家族乃至整個動物世界的秘密。」菲其格一臉的無奈。

「噢，原來是這樣，那……」大家有些掃興。

「那你說，為什麼這麼長時間我們都沒發現那個月光林呢？」妮兒問菲其格。

「因為它白天的地形和我們生活中的一樣，一到晚上，它就會由於各種天體運動而變成另外一種模樣。」菲其格說。

妮兒又追問道：「那為什麼有的晚上我還是沒看到它們？它們雖然很特別，可是眼睛總能看到什麼明顯的東西吧？」

「有啊，它有明顯的東西，但是它不會讓你看到。」菲其格用爪子輕碰了一下妮兒的鼻子，笑嘻嘻地說道。

　　「我還是覺得很神奇，很不可思議，世界上竟還有這種地方！菲其格，趁現在還有時間，你能給我們說一些關於月光林的傳說嗎？」西典既好奇又懇求地對菲其格說。

　　「這個，好吧。聽說月光林就是月亮的家，它的景致會跟著月亮一起變化，我聽我的爺爺說，這月光林中有一件東西，一件神秘莫測的東西—達侖針。它具有巨大的威力，能把整座森林一眨眼之間化為沙漠，也能讓一片大海在轉瞬間消失。總之，它會給大自然帶來無窮無盡的災難，比如讓地球偏離軌道與其他星球相撞。但是，我聽我爺爺說過，只要用找到達侖針的人的一滴血滴在它的上面，達侖針就會消失。可是直到現在從來沒人發現它。」

　　菲其格講著講著，表情中流露出一絲恐懼，一絲歎息。

　　「菲其格，那達侖針什麼時候發揮它的威力？」妮兒擔心地問。

　　「我不知道，大概隨時都有可能……」菲其格很無奈地說。

　　「隨時……」妮兒快要叫出聲音來了。

　　「哈哈哈哈……菲……菲其……菲其格，哈哈哈……」這

是坦塞的聲音,「你真的相信相信……那些事嗎?太……」

「我太笨是嗎?」菲其格打斷了坦塞的話。

「我也曾經試圖不讓自己相信這是真的,但我的直覺一直告訴我這不是傳說,是真的……」菲其格自信地說。

坦塞的笑聲突然停止,大家也都突然不說話了。

「這達侖針太危險了,必須找到它,也許地球的命運就掌握在我們手裡了。」妮兒對吉亞說,她望著夜空中一點一點的星星,表情嚴肅極了。自從聽了達侖針的故事後,妮兒從心底裡泛起一股力量,她決心要親自找到達侖針,並把它消滅掉,讓地球免遭災難。

「好了,時間到了,大家跟我走吧。」菲其格像執行重大任務似的那麼謹慎。菲其格之所以去月光林,當然是有目的的,他想破壞達侖針,但他知道要想破壞達侖針,必須借助人類的力量。自己屬於動物類,就算找到了達侖針,也沒有辦法除掉它,當初他之所以收留西典和妮兒,消除達侖針也是目的之一。當然,他也想試一試,被人類稱為野獸的他們到底能不能和人類和諧相處。現在看來,他的實驗是成功的。

多麥家族走在下弦月高高照耀的月光林路上,妮兒和西典早已訓練得能摸黑看見東西了,她們甚至可以分辨出花兒的

顏色。這路上的景觀太特別了，朵朵花兒盛開著，野兔在窩裡熟睡著，小刺蝟像小老頭一樣慢慢地走著……

妮兒好幾次都走在菲其格前面，如果不是坦塞叫住她，她可能就和大家走散了。路途其實並不遠，但一路上真的很危險，感覺走起來時間還真長，不知走了多久，終於聽見菲其格說了一聲：「到了！」

大家一下子都目瞪口呆了。眼前的景致變化真大，好像一下子從地球這邊跨到了那邊。在多麥家族現在的位置上，往左看，是一片幽黑的、閃著點點月光的樹林；而往右看，則是烈日當空，一片生機盎然！他們站在了晝夜分界線上！菲其格領著大家向月光林走去。

「怎麼樣？先把你們的下巴合上！」菲其格有些自豪地說，好像這個月光林就是他發現的。

「啊？好……好！這真是太神奇了！這麼神奇的地方一定有達侖針！我終於相信了。」坦塞說。

大家往前走著，時不時地就會聽到驚叫聲。不過，妮兒倒沒有驚叫，她在想，這麼大的一個月光林，到哪兒才能找到達侖針呢？

「看啊，菲其格！萊比亞，快看啊！快！」這是坦塞的驚呼。

　　大家順著坦塞的尖叫聲望去，天上，在天上！好多流星雨啊，它們像箭一樣飛過，真的像是在下雨！一顆，兩顆，三顆……

　　珊蒂馬上閉上眼睛開始許願，她希望自己變得越來越漂亮。萊比亞希望月光林永遠不要消失。坦塞希望世界上永遠保持和平，永遠沒有戰爭。這種沒有戰爭、沒有獵人的世界，生活是多麼美好啊！菲其格的願望是希望達侖針已經消失了，或者那只是謠言。而妮兒的願望是什麼呢？哈哈哈，聽到了，她希望人類、動物和自然界相互間永遠和平相處。嗯，這是個很好的願望，不知哪顆星星會幫她實現呢？看過流星雨的奇觀，大家又繼續朝前走。

　　妮兒跟在後面，時常需要吉亞提醒，否則她可能又會和大家走散了。妮兒想，這樣漫無目的地走，到底要去哪兒呢？不過，她可不像坦塞他們心裡有問題還憋著不問，她管不了這些，高聲向前喊了起來：「菲其格，我們是要去哪兒啊？」

　　「我也不知道。這個地方很大，你沒發現嗎？處處都是『遺跡』。」菲其格回過頭來說。

　　妮兒對這種回答不是很滿意，她原以為菲其格還能說一些關於達侖針的線索呢！

　　「既然菲其格也不知道去哪兒，我看啊……」吉亞在衣服

裡面小聲嘀咕道。

「什麼啊？」妮兒最不喜歡有人說話時賣關子。

「我看，你還不如自己走吧！」吉亞建議。

「自己走？開什麼玩笑，我是第一次來這兒，你沒聽菲其格說嗎？這地方大得很，大家都在一起還怕走散呢！我要是在月光林裡迷路了，你負責找路帶我回去啊？」 ＋妮兒馬上反問。

「不是我打擊你的信心，你認為和菲其格漫無目的地到處走，有什麼意義嗎？能找到達命針嗎？」吉亞又勸妮兒。

妮兒陷入了沉思，她有一些動搖。

大家繼續朝前走著，其實也有一些害怕，在這不熟悉的地方，怎麼可能沒一點危險？

「小心！」這個很小但充滿警覺性的聲音是菲其格發出來的。「聽！」他說。

大家被莫名其妙的這一嚇，一個個都警覺起來。

「我也聽到了，噠噠噠……」珊蒂說道。

大家一下子都停在了原地，誰也不敢往前走，也不敢發出一點兒聲音。

「噠噠噠……」的聲音越來越近，它是從天上發出來的，聲音聽起來越來越近。

　　大家此時此刻都不約而同地抬起了頭。大概由於過度驚嚇，沒有一個發出聲音。

　　在他們的頭頂，正飛著一個怪物！它沒有翅膀，只靠兩隻大耳朵飛起來。它的臉，好像一隻無尾熊。身體也和豹子一樣，只不過沒有尾巴……

　　怪獸向他們飛來，大家同時都昏了過去。

　　當他們醒來時，發現已身處在一個和月光林不同的地方。這個地方比月光林的景致更特別。身後是珍珠般的瀑布，瀑布的旁邊有條小河，身前是一片茫茫的大江，小河流到瀑布裡，瀑布流到大江裡。這個地方看起來並不大，可是總有一種不知名的東西告訴人們這個地方其實很大。

　　「啊！」珊蒂驚叫著。

　　「怎麼啦，珊蒂？」坦塞問道。

　　「那……那兒……看！你看！」珊蒂驚訝地說。

　　大家順著珊蒂的目光望去，天啊！是那隻怪獸！它正在江邊清理它的耳朵，確切地說是那對耳朵翅膀。怪獸聽到動靜，也回過頭來，注視著岸邊。

　　相互對看了幾秒鐘，妮兒他們才想到應該躲起來。

　　「你們不必躲！」那怪獸說道。

天啊！它竟然會說話！果然是隻不折不扣的怪物！

　「我把你們帶到這兒來，你們應該感謝我才對呀，怎麼都這麼害怕！」怪獸有些不高興地對妮兒和菲其格他們說。

　坦塞大著膽子問了一句：「為什麼？」

　「你們真是笨啊，你們去的那個月光林馬上要發生大災難了，可你們還待在那兒。知道為什麼下流星雨嗎？那就是災難的預報！」那怪物激動地說。「先介紹一下我自己，希望大家認真聽！我雖然長相有些奇怪，可是我不是吃肉的動物，我之所以不說我是非肉食動物，是因為我不是動物，我應該比動物高級得多。我從來沒有名字，所以你們以後想叫我什麼，那都隨你們的便。這兒是我的家，是世界上第二個沒被人類發現並污染的地方。你們認為神奇的那個月光林啊，只不過是我們的外殼而已，這兒才是真正的月光林，難道你們不覺得這兒比那兒還神奇嗎？在這個地方啊，還住著和我一樣的很多兄弟。不幸的是，我們的空間太小了。外面的那個月光林寬敞些，可是那裡的災難太多了，我們只好都擠在這兒。」怪獸說道。

　妮兒聽著，不禁有些驚喜，真的月光林，人類沒有發現的最新大陸，又有這樣奇怪的動物，這不正是世外桃源嗎？菲其格也從未到過這裡，他對這裡的一切也非常好奇。

　「噢，我能叫你羽毛耳嗎？」妮兒大膽地問道。

「我剛才說過了，隨你便。那從今天起我就叫羽毛耳吧！」怪獸說。

「羽毛耳，你說外面的月光林會有災難，那會是什麼樣的災難呢？」妮兒好奇地問。

「噢，就是地球在發生變化。因為那一片月光林是地球形成時唯一剩下還沒有形成地殼的地方，也許會是陸地，也許會是一片海洋，也許會是火山群，所以那裡不斷發生著任何生命都無法抗拒的災難。情形變化莫測，常常會有熱風暴、冷風暴、大暴雨、大暴雪。溫度變化無常，給人們造成很多幻覺、幻聽，樹木花草一會兒有，一會兒無，大樹你會看成是小樹，小樹你會看成是大樹……剛才是你們幸運，沒有碰到災難。」

羽毛耳的話讓大家很害怕，不過羽毛耳早就告訴了大家，這裡是個安全的地方。

羽毛耳熱情地帶著妮兒他們在月光林中四處參觀，這些奇特的景觀真讓人大開眼界。走著走著，他們來到了一個洞前，眼前這個洞是所有洞中最美麗的一個，洞頂稍微向前突出一塊，這樣能接住從洞頂的一條小瀑布上流下來的水；洞後面是一座大山，山上長著五彩的樹，山頂盤旋著像鳳凰一樣的鳥；洞前，全是鮮花和蝴蝶；更神奇的是洞外的牆壁，竟然是天然的水晶，在陽光的照耀下閃閃發光。羽毛耳帶領大家走進

了洞中，裡面真是別有天地啊！他們來到一個猶如廣場大的溶洞中，羽毛耳從牆壁上取下一片似冰非冰的東西分給大家，大家吃後立即感到不渴不餓了。洞中的四壁岩石發著光，洞內十分明亮。

這麼奇特的山洞裡會不會藏著達侖針呢？自從走進洞裡，妮兒就不停地觀察，她看得極為仔細，但沒有發現任何蛛絲馬跡。菲其格也有同樣的想法，但也沒發現任何可疑之處。

參觀完溶洞，羽毛耳又帶領大家來到一片竹林中，眼前的竹林整整齊齊，遮天蔽日，走在裡邊，會被腳下突然冒出的竹筍給嚇一跳。這裡的竹筍很可愛，剛從地下冒出來，就會長成一棵大竹子，只是看起來比老竹子更嫩綠一些。

他們走著走著，妮兒突然發現了一根粗壯的竹筍，像個小尖塔，個頭和妮兒一般高，看上去倒是沒什麼特別的地方，仔細看，只是顏色有些發紅。妮兒很好奇，別的竹筍都會一直生長，這根大竹筍倒像是穩穩當當地坐在那裡，不言不語。妮兒走上前，又繞著它仔細地看了一遍。她聞了聞，沒什麼味道，又試探地摸了摸，也沒什麼奇怪的地方，可它為什麼不繼續生長呢？真是想不通。

「達侖針……會不會就藏在這根肥胖的竹筍裡呢？」妮兒呆呆地看著眼前的竹筍，自言自語道。對啊！這根竹筍該不會

就是達侖針吧？不管是不是，都不能錯過可疑的地方。

這時大夥都走到前面去了，妮兒還是喊住了他們：「快回來，菲其格……」

「怎麼了？妮兒。」菲其格他們都圍了過來。

「你們不覺得這根竹筍有點奇怪？」妮兒的聲音有點激動，似乎預感到了什麼。

菲其格他們靠近竹筍，上上下下嗅起來，又繞了幾圈。

「這根竹筍呀，也沒什麼，它好像枯死了，自從我出生就從沒見它長過。」羽毛耳毫不在意地嘟嚷著。

「你是說它長了許多年嗎？」菲其格迫不及待地問。

「這倒是，它在這裡很多年了。怎麼了？」羽毛耳一臉懵懂。

「妮兒，你認為……」菲其格看著妮兒，目光也明亮起來。

「是的。我要試一試。管它是不是達侖針呢！」

大家都屏氣凝神地望著妮兒。她踮起腳，把手指放在竹筍尖上，妮兒看著菲其格，菲其格朝她點了一點頭。妮兒把手按在竹筍尖上，鮮紅的血滴了下來，妮兒趕緊把手移開，大家閃到一邊，靜靜地看著竹筍的變化。血滴好像是被竹筍吃掉似的，血滲了進去，竹筍開始像冰一樣融化了。妮兒激動得大喊起來：「我們找到達侖針啦！我們找到達侖針啦！」

大家一起歡呼起來，菲其格激動得竟然也像一隻小豹子似的跳了起來，但不一會兒，菲其格好像想起了什麼事情，又走回剛才達侖針消失的地方，認真地看了起來，只見一灘濕漉漉的水在地上，其他什麼也沒看到。　其實菲其格想要找的東西只有羽毛耳看見了，就在大家只顧歡呼的時候，羽毛耳瞥見了兩個閃閃發光的小火球在竹筍化成水的瞬間飛上了天空。

6

卡斯里藍蜂

這兩天大家都很興奮，每個人的臉上總是帶著勝利的喜悅，坦塞把自己扮成了英雄，走到哪裡都趾高氣揚地。菲其格這幾天也一反常態地心情十分激動，整個多麥家族就像過節一樣熱鬧。

「世界還完好如初，不是嗎？」萊比亞感慨地說。

是啊，自然界彷彿在一夜之間就如釋重負了，這種解脫每個人都感覺得到，因為第二天，一切都格外美好，每個人都輕飄飄的。這點，西典一起床便感受到了。

「喂，妮兒，我們今天要做什麼？」西典問道。

「我也不知道，美好的一天又開始了，可是卻意味著還將會有……」

「噓……別說了！讓我們盡情享受這來之不易的時光吧！對了，現在是什麼時候了？珊蒂他們還沒有醒呢。」西典說道。

　「大概是他們昨天睡得太晚了，被特奇涅花的香氣薰到了。我們去少葉樹看看！它會告訴我們準確的時間。」

　「好！順便帶點早餐回來。」按理說，妮兒起床時也只是剛剛接近拂曉，此刻地上只有剛剛降下的露珠。其他生物都還沒有出動，唯有茂密的樹葉在不停地搖擺。

　眼前就是少葉樹了，才掉了幾片葉子。

　「才剛剛黎明啊！我們去找點果子吃吧！」妮兒說道。

　「等一下，妮兒。」

　「怎麼了？」

　「你注意到了沒有？」

　「什麼？」

　「少葉樹上寫著密密麻麻的字？」西典驚訝的話中帶著顫音。

　妮兒也忽地愣了一下，也許是潛意識告訴她這又將是一次新的挑戰。她走近少葉樹，果真發現了看起來就像寫在葉子上的信。

　「我有一種不祥的預感。」西典怪怪地說道。

　妮兒俯下身子，聚精會神地讀了起來，那果真是一封

信。只見上面寫著：「看來，你們家族真的很有本事啊！不過，我們卡斯里卻不想合作，想比劃一下嗎？其實這也沒什麼，只要你們把家族的領地讓給我們就好了。不過出於公平，我們可以這樣約定：如果你們輸了，這裡變成我們的；如果我們輸了，我們便乖乖地回去原來的地方。可是，我們有把握贏。明天見。」信就這樣草草地結束了。

「哼，未免高興得太早了吧！」妮兒的話嚇著了還在張大嘴巴的西典，真讓人出乎意料，妮兒的反應竟是這樣。

「我們快去找菲其格，時間不多了。」妮兒拉著西典跑了起來。不可思議的事情總是突然發生，讓人措手不及。

坦塞剛起床，他的腦袋還是昏昏沉沉的，顯然是被特奇涅花的香氣薰了一整夜的緣故。

「其他人呢？」妮兒焦急地問道。

坦塞低著頭回答道：「各忙各的去了。又是美好的一天。」

「美好？我們又碰到麻煩了！快點把大家都召集起來！」西典沒好氣地說。

「出什麼事了？你們先別著急！我這就去找他們！」

很快，萊比亞、菲其格、珊蒂，還有坦塞就都到齊了，西典和妮兒把早上的經歷一五一十地說了一遍。大家聽後都感

到愕然。

　　妮兒見大家都無話可說，便分析起來：「也就是說，我們只剩下一天的時間，明天這些傢伙就會來侵略我們了。」

　　「不過最關鍵的是，我們不知道這些東西是什麼？」菲其格憂慮地說道。

　　「藍蜂！真是……」吉亞在妮兒衣服裡忍不住插起嘴來，幸好被妮兒及時制止住了。

　　「噢，是藍蜂……」妮兒一本正經地回答了起來。

　　「藍蜂？什麼是藍蜂？你是怎麼知道的？」坦塞問道。

　　「這個嘛……對了！它們的戰書是用蜂蜜寫的！所以我能斷定它們是蜂。」

　　「原來是這樣啊！如果是蜂的話，事情就難辦了，以我們的數量是怎麼也敵不過它們的！何況以我們的身體，也根本無法反抗。」菲其格和其他人分析道。

　　吉亞實在忍不住了，它壓低了嗓子對妮兒說：「你們真是太笨了！告訴你們吧！侵略我們的是卡斯里藍蜂！它們是世界上僅存的一種原始蜂類，一直繁衍到現在，又漸漸龐大起來。它們全身上下是深藍色的，所以叫做藍蜂。最致命的是，它們的毒針有劇毒，無論誰被螫到，幾天之內都會死去，如果它們統治了這片森林，後果將不堪設想！你沒有任何不相信的

理由。」

「怪不得它們那麼自信！原來如此啊……」妮兒不禁說出了聲。

為了家族的安全，妮兒只好如實地把吉亞告訴的情況向大家說了出來。

「怎麼辦？」菲其格臉上也露出了愁容。

「或者……我們可以偽裝起來……」西典說道。

「偽裝？」妮兒驚訝地問。

「是啊！這樣它們就發現不了我們了！」西典信心十足地回答。

「天哪！西典，你真是個天才！我們怎麼沒想到呢！這是最好不過的辦法了！」菲其格激動地說道。

大家又重新振作了起來。

「既然要偽裝，那我們就扮得漂亮一點，來個滴水不漏。」萊比亞說。

妮兒又想到了什麼，說：「即使如此，我們也要以防萬一，那些外衣要很厚才行，讓卡斯里藍蜂怎麼都螫不到。」

「對！我本來想建議大家用樹葉兒來偽裝的，聽妮兒這麼一說才發現這招不靈。我們能用的東西很少，除了又厚又大的葉子，好像沒有什麼了。」坦塞在一旁說。

「還有一樣東西。」菲其格神秘地說。一時氣氛又緊張起來。

「什麼東西？」

「泥！」

無疑，這個決定贏得了大家一致的贊同，全票通過。泥不僅可以發揮保護作用，還可以讓試圖進攻的藍蜂全部粘到上面，就更別說它們的毒針了。

說做就做。多麥家族偌大的領地有的是鬆軟的土，只要從小河裡運一些水過來把它們攪拌起來，就可以做成又簡易又結實的盔甲了。

「坦塞、萊比亞、西典，你們去裝水！妮兒、珊蒂還有我，我們三個負責挖土。」菲其格指揮著大家。

大家都忙開了，坦塞飛似的衝了出去，萊比亞和西典緊隨其後。妮兒和珊蒂也拼命地挖土，妮兒用大堅果殼一點點地把土挖出來，再用手一捧捧地堆起來，珊蒂和菲其格只有用刨的辦法。但無論做什麼事，只要大家齊心協力，總是很快就會成功。不一會兒，大家就挖了足夠的土，坦塞他們也上氣不接下氣地運了好幾趟水。菲其格說，還要讓陽光把這些濕泥再曬乾一點，再重新攪拌一次，做出來的泥才會更堅硬。

漸漸接近黃昏了。忙碌了一天，大家都感覺累了，唯有

吉亞吃了個飽。因為妮兒在挖土的時候，就順便把它偷偷地埋了進去。

「我們的準備這麼充分，真希望那些自大的傢伙快點來！」妮兒滿意地說道。

吉亞又忍不住插嘴：「是啊！你們已經裝備得天衣無縫了，其實那些卡斯里藍蜂看起來很厲害，可實際上卻很愚蠢，我們只需動一點腦筋，它們就會不戰而敗。」

妮兒小聲地說：「我們還是不要太輕敵了，畢竟它們數量龐大，而我們家族總共才六個成員。」

「總之，祝你們成功！可不要忘記我的功勞哦！」

草草地吃過晚餐，妮兒對著天空發起呆來，此時正是滿天的星光，森林就像一座巨大的宮殿。她真的想不通，這美麗而又安靜的大自然裡，為什麼會有這麼多無奈的事情發生，而且總是發生在自己身邊，難道上天只想考驗多麥家族嗎？但是命運有時就是這樣讓人們為它付出很多，也許這就是存在的意義。與其怨天尤人，不如欣然接受。何況這又是多麥家族至高無上的使命。妮兒也是司空見慣了的，她知道面對新的挑戰時不應該再幼稚地驚訝了！這樣在她第一眼看到藍蜂的戰書時，才會說出那樣的話來。妮兒始終相信，自己是經得起考驗的人。

夜裡風大，但即便特奇涅花的香氣再誘人，也阻止不了坦塞去給已經風乾了的泥土澆水。就這樣來來回回地挨到了黎明，這一夜，大家都沒有睡好。

　　「今天又將會是一個值得銘記的日子！我們大家都要聽好了，如果這些泥抵擋不住藍蜂，那我們將必死無疑。但是，我們每個人都要記住的是，誓死都要捍衛多麥的領地！只要我們還在這裡，就絕不允許侵略者踏進這裡半步！」陽光還沒怎麼照進來，菲其格便把大家召集起來，用嚴肅的語氣向大家訴說著戰爭失敗的後果。

　　「吉亞，卡斯里藍蜂什麼時候過來？」妮兒問吉亞。

　　「露珠一乾，它們就會出現。」

　　於是，妮兒叫大家開始行動。珊蒂幫助萊比亞把泥塗到身上，只露出一雙眼睛；菲其格也幫助坦塞穿上了一層厚厚的盔甲。妮兒和西典各忙各的，因為他們都有雙靈巧的手，這些泥土果然已經很堅硬了，貼在身上又厚又重，使得他們走起路來跌跌撞撞的。

　　此時露珠已經遍地都是了。大家一起躲到了樹叢後面。天空越來越亮了，多麥家族的每一個成員都屏住了呼吸。

　　「聽！」西典低聲叫了起來。

　　是的，沒錯，她聽到了藍蜂的聲音！很低沉的聲音，由

一點點逐漸變大……直到……一大片藍蜂出現在多麥領地上空，就像要下一場大雨，它們就在菲其格、坦塞、珊蒂、萊比亞、妮兒、西典的頭頂盤旋，這一幕，其他的獸類家族都會瞧見。

「它們發現我們了！」吉亞在妮兒懷裡叫了出來。

果真，那一大片藍蜂如傾盆大雨般衝了過來！頓時，妮兒只覺得渾身上下有無數的東西衝了過來，撞擊聲，再加上疼痛，使她差一點兒叫喊起來。但是有一點，凡是撞到他們身上的藍蜂就會被粘住，有的則撞硬泥死了。不過，那些藍蜂好像不肯罷休，它們又飛到空中盤旋了幾圈，只見又一批藍蜂重新衝了過來！菲其格急忙把西典護到了身子底下。又是一陣令人窒息的聲音，但這次並沒有上次那麼可怕了。

妮兒隱約聽見吉亞在說：「它們只進攻三次，便會撤退，你們……你們再……再撐……撐……」

又是一陣猛烈的撞擊。

妮兒只覺得天昏地暗。不過幾分鐘後，疼痛減少了，刺耳的聲音也幾乎消失了。妮兒慢慢睜開眼睛，才發現它們已經飛走了。

戰爭結束後，多麥家族人人都變成了一個大蜂巢，身上堆滿了一層一層的藍蜂。

每個人都緊緊地閉著眼睛，半天不敢睜開，還像在噩夢中沒有醒來。

　　菲其格、西典、珊蒂、萊比亞、坦塞、妮兒都又重新站了起來，這才忽然發覺身子沉了許多。

　　「珊蒂，我們勝利了吧？」萊比亞小心翼翼地對珊蒂說。

　　「還沒有，看，這是他們留下來的信。」菲其格指著一片大葉子說。

　　顯然，卡斯里藍蜂很不服氣這次失敗，只見上面寫道：「哼！你們還真不簡單啊！想必你們中間一定有一個未卜先知的人，但是你們失算了。這次行動我們只是想試探一下而已，結果你們真的出了這一招啊！抱歉，我們只能換一種進攻的方式。你們也別再做出像今天這樣幼稚的舉動了。後天見，我們親愛的朋友們。」

　　「看來，它們真是不死心啊！」坦塞悻悻地說。

　　「是啊，看起來這些傢伙有不少花招啊！」萊比亞說。

　　菲其格不愧是菲其格，他說：「凡事都可能有意想不到的結局，總會有辦法的。」

　　大家都跑去河邊清洗自己了。

　　少葉樹又落下了一片葉子。

　　正午的森林是安詳的，但也有些過於安靜。盛夏的季節裡風很小。陽光在穿透樹林的時候已經減少了許多熱度，但一切都是昏昏沉沉的，大家被炎熱的天氣搞得快要睡著了。也正因為這樣，大家的身子沒過多久就乾了。

　　菲其格一直躲在一邊不說話，目光深邃地看著遠方，不知他心裡在想什麼，妮兒發現了，走過去說：「怎麼了，菲其格？有什麼地方不對嗎？大家都在那裡商量該怎麼辦，你怎麼不過去？」

　　菲其格並未回答妮兒，還是一動不動地望著遠處，看起來像一座雕像。

　　「你怕了嗎？」妮兒的問題尖銳得幾乎可以刺穿菲其格的心臟。

　　他的眼神頓時嚴肅了起來，重新煥發出了光澤。「怕？我為什麼要怕它們？你知道嗎？妮兒，我有一種預感。」

　　「什麼預感？」

　　「我們一定會贏！剛才好像有一股神秘的力量給了我十足的勇氣。」

　　妮兒並不覺得這有什麼好驚訝的，因為她相信那股神奇的力量。

　　「好了，你們研究得怎樣了？」菲其格神采奕奕走過來問

大家。

「還沒有什麼結果。」坦塞失望極了。

「最關鍵的是，我們不知道卡斯里藍蜂除了怕泥土之外還怕什麼，它們既然已經想出了對抗的辦法，那我們也不可能再逃避了。」西典說道。

「是啊，可是除了躲避就是抵抗了，我們拿什麼去跟它們拼呢？」

「天啊，我們忘了最重要的武器。」西典激動地說道。

聽了西典的話，所有人似乎也像她一樣同時興奮了起來，沒錯，大家不約而同想到了火樹。

「可不是嗎？我們怎麼把最基本的武器給忘了呢？」

「可是……」菲其格一本正經地說道，「我們怎麼用它來防身呢？」

這個問題難住了所有人。總不能每個人拿著火把到處揮來揮去吧，這只能是個空想了！

又是一陣沉默，不過總有一個人能想到最好的辦法，那就是妮兒。

「我們可以用煙燻跑它們，就像特奇涅花一樣，濃濃的煙既可以讓它們在空中辨別不出方向，也會把它們燻得死去活來。」

「這真是個好辦法！」菲其格露出了難以置信的表情，想必他心裡肯定在這樣想：還是人類聰明，即使是小孩子也能想出這麼好的辦法。

「如果這樣，」西典說道，「我們不如落井下石一下。」

「哦？」

「既然特奇涅花可以麻醉我們，那麼勢必一樣可以麻醉它們。我們何不用特奇涅花當做柴？」

「好！就這麼決定了！」

每個人的臉上都重新露出了笑容，就像遇到了一條大河，最後又都渡過去了一樣。一陣風掠過來，地上的草微微地動了幾下，彷彿也在滿意地點頭。

有了新的防禦戰術，生活就有了新的樂趣。多麥家族沒有誰再為有人挑釁的事煩惱了。或許也應該承認這樣一個事實：豹天生就不曾畏懼過比他們弱小的生命，這是他們的本能。

明天，卡斯里藍蜂又要和多麥家族開戰了。現在是晚上，特奇涅花散發著奇特的香氣，在白天妮兒他們就已經摘好了一些花，坦塞和菲其格又找了些枯樹枝，因為只燃燒特奇涅花是弄不出那麼多煙的。菲其格正在望著天空，他總是從夜晚的星空裡看出明天是什麼樣的天氣。

「真是太好了！明天沒有大風！」菲其格看起來很興奮。

「沒有大風又怎麼樣？」坦塞不解。

「這樣，我們的戰略才能派上用場啊！要是有大風，就會把我們辛辛苦苦弄上天去的煙給吹散了。」

吉亞沒有睡著，聽著菲其格在那邊議論，它有些不懂：「妮兒！菲其格說的到底對不對啊！我怎麼覺得應該是風大的天氣才會使煙更多，太小的風根本……」

妮兒不想聽任何人再說這件事了，她只想好好睡一覺，明天好全力去拼。

天剛亮，萊比亞就叫大家起床了，天上還有零零星星的幾顆星星，月亮還掛在天上，散發著白色的微光，已經失去了晚上剛出來時的光芒。

「菲其格，我們的特奇涅花夠不夠？」妮兒問道。

「夠了，一枝特奇涅花就已經很有威力啦！」

其實，從火樹上取下火來要花很長的時間，看樣子坦塞早就起來了。可是不知是火樹的問題，還是柴的問題，他總是點不著火。珊蒂早就看得不耐煩了，她一把搶過坦塞手裡的枯枝，自己弄了起來，還是珊蒂厲害，不一會兒就點燃了火把。

西典和妮兒把特奇涅花堆起來，旁邊再用枯枝圍成一個

圓，看起來就像一堆篝火。

菲其格鄭重地把火點著了，為了防止特奇涅花的香氣薰到自己人，他們特意選擇了上風處。這樣，煙霧就會隨風刮走，而不會傷到自己人。

風不是很大，這樣可以保證煙霧不被強風吹散。天已經大亮了。多麥家族的上空瀰漫著很多煙，想必要是讓凱門琳薩家族見到了，肯定又要想歪了，這時大家都躲在樹叢裡，瞪大眼睛等著藍蜂出現。

雖然煙霧濃密，但菲其格仍能感覺到天空忽然一下變黑了，而且還伴著那種聽上去讓人心煩意亂的嗡嗡聲。

卡斯里藍蜂出現了！它們顯然不知道多麥家族用了這一招，但還是要硬闖，也不知道它們究竟吃錯了什麼藥。所以在多麥家族的領地上下起了「藍蜂雨」，那些看不清方向的藍蜂有的撞到了大樹上，有的互相亂撞。總之，掉到地上的藍蜂多半沒能起來，不是撞死了就是被燻倒了。萊比亞和珊蒂在偷笑，西典和坦塞在四下裡張望，只有菲其格和妮兒默不作聲，看不出他們在想些什麼。可能是被藍蜂的執著震撼住了，也或許是因為別的什麼原因。

煙霧越來越濃了，掉下來的藍蜂也愈來愈多。幾經周折過後，那令人窒息的聲音消失了，卡斯里藍蜂無奈地逃走了。

「唉，那些傢伙到底有什麼本事？還是被我們打敗了！」萊比亞激動地說。

　　「是啊，它們也太傻了吧，明明知道有危險還要衝進來。」

　　妮兒卻沒有這麼想，因為她看見了來自卡斯里的另一種力量。

　　「我看，他們是不會善罷甘休的……」吉亞對妮兒說。

　　接近黃昏的時候，煙才散盡。這次，卡斯里藍蜂沒有留下任何書信，大家都以為藍蜂已經認輸了。這可樂壞了西典他們，晚上大家一起舉行了一個大派對。

　　一連好幾天，藍蜂都沒有任何動靜。這件事也在多麥家族中漸漸淡了下來，每個人都覺得打敗比他們弱小的生命是那麼容易，彷彿那些卡斯里藍蜂是來自討苦吃。可是他們還沒有意識到危險正在悄悄地降臨。只有妮兒這個真正看到了卡斯里藍蜂的力量的人才能感覺出來。

　　「總覺得有點不對勁。」妮兒心想，她為了擺脫這種不祥的預感，特意帶著吉亞搬到了小河邊上去住。

　　「今晚的天空不怎麼樣啊！一顆星星都沒有，是個陰天啊。」吉亞悻悻地說。

妮兒抬頭看看天，果然像吉亞說的那樣，而且天氣還有些涼。唯一值得欣慰的是，這種天氣對妮兒的胡思亂想有種轉移的作用。

妮兒躺下來，睜著眼睛，風吹散了她的頭髮，讓她有些心煩意亂，突然，她看到天上有一大片陰影，雖然陰天，但仍能感覺出陰影在移動。

「吉亞！那是什麼？！」妮兒一下子站了起來。

「那……那是……」

「卡斯里藍蜂！」

「快走，妮兒！」

「不行！我要回去告訴菲其格。」

「你不能去！來不急了！它們發現我們了！快跳進河裡去！」

「可是我……」

「它們已經發現我們，飛過來了，你快跳！」吉亞歇斯底里地喊著。

要是有手的話，它一定會把妮兒推下去的。

但是，妮兒卻站著不動。

「妮兒，你要知道，如果你躲過去了，就有可能挽救多麥家族。如果你也中毒了，我們就全軍覆沒了！什麼也別想，只

要你能逃過這一劫，多麥家族才會有希望！」

妮兒撲通一聲跳了下去。隨之感覺到的，除了冰冷的河水，還有眼睛裡溢出的熱熱的液體，吉亞還在旁邊對她說著什麼，可是她什麼也聽不見。她不知道自己這種行為算不算是貪生怕死？也不知道大家會怎麼看她，會不會恨她⋯⋯

水中的世界快令她窒息了。她勉強在水中找到了一根類似蘆葦樣的水草，把它伸出了水面，另一端用嘴咬著，這樣起碼可以呼吸了。但是總是泡在水裡也終究不是辦法，最好的辦法還是偽裝。要是有樹葉什麼的就好了，把它纏在頭上、臉上和身上，這樣便可以露出水面呼吸了。

妮兒小心翼翼地把眼睛露出水面，還好她的頭上沒有守株待兔的藍蜂，她大口大口地呼吸著空氣。四周充滿了陌生的味道，即便是黑夜她也可以察覺。多麥家族的領地被卡斯里藍蜂佔領了！菲其格他們也遭殃了。這次多麥家族之所以失敗，就是因為太自信、太輕敵了。妮兒早就想到了藍蜂不會善罷甘休。

她輕輕地游到樹叢後面。這裡有很多茂盛的矮灌木，還生長著許多藤條。這些傢伙平日裡玩起來時覺得很有趣，但真正需要它時，卻不那麼得心應手了。妮兒費了好大力氣才把藤條扯斷繞在身上，又費了九牛二虎之力才把葉子掛到頭上，然

後她又靜靜地游了回去。做完這一切，她已經是精疲力竭了。

現在的妮兒就像一棵長在小河裡的樹。

天亮了。

妮兒一夜都沒闔眼，現在有些睏了。不過為了防身，她還是努力撐著。

「吉亞……吉亞……」她小聲地叫吉亞。

「幹什麼？」

「快點幫我想想辦法啊！你還暸解它們多少？」

「我知道的都已經告訴你了！」

「天啊，難道我們就在這裡坐以待斃了嗎？」

「當然不是！菲其格他們的毒性不出五天就會發作，而以卡斯里的個性，它們在接過你們的幾招後，也會研究出新的戰略，所以，你如果再重複上次的火攻，也會徒勞無功。」

「那怎麼辦呢？」

「我們現在唯一的辦法就是怎麼能從水裡出來……別動，妮兒，有藍蜂過來了。」

妮兒靜靜地待在那裡，還好沒有被來河邊喝水的藍蜂發覺。

「還好，你身上葉子的氣味掩蓋了你身體的味道，不然它

們肯定不會放過你的。」吉亞說道。

「看到了吧！這種情況根本出不去了。」

「別著急，總會有辦法的。」

妮兒只覺得和吉亞說話等於白說，它總是把很嚴重的事情不當回事。她必須儘快出去，但又怕藍蜂會來襲擊，真是進退兩難啊。現在，妮兒也不知道怎麼才能救得了多麥家族，想去問問火樹也是身不由己。

「別擔心嘛，妮兒。我餓了，你快想法把我埋到土裡吧！」

「都什麼時候，你還有心情吃！再說……」

「我就知道你這麼小氣！告訴你吧，我在土裡可以聽到整個多麥家族的聲音，或許也可以換個說法，那就是藍蜂說什麼我也都能聽得見。」

「你是說……」

「是啊！不知道吧！我只不過是深藏不露而已。因為在地下聽聲音會比較清晰，再加上我敏銳的聽覺……」

妮兒簡直不敢相信自己的耳朵。的確，她又有了一絲希望。吉亞這個鬼東西，害她嚇了一跳。

來喝水的藍蜂都飛走了。妮兒悄悄地看了四周，確定沒有藍蜂之後，趕快在河床裡挖了一個小洞，把吉亞放了進去，

她還擔心要怎麼才能把它弄出來。不過說實在的，看到吉亞在吃飯，自己還真有些餓了，要是連著幾天都被困在這裡，那就慘了。

頭頂上還時不時地出現那些可惡的傢伙，妮兒知道自己必須對它們視而不見，否則就會發瘋的。可是一想到西典、萊比亞、菲其格還有坦塞，就覺得他們一定比自己痛苦得多。尤其是菲其格，不知道他能不能經受得住這樣的打擊。這些年來，多麥家族面對各種挑戰都從未失敗過，而這次不但失敗，還是被小小的藍蜂給打敗了，真是做夢都想不到。不過妮兒相信，大家並沒有絕望，而是還保持著活下去的信念。所以，多麥家族沒有輸。誰能笑到最後還不一定呢！

時間差不多了，妮兒左看右看，又抬頭看了看天(只是一下而已)，還好，沒有藍蜂，便迅速地把吉亞挖了出來。吉亞好像還沒吃飽的樣子。妮兒迫不及待地問道：「你都聽到什麼了？」

「卡斯里那群傢伙，好像很瞧不起我們。它們說多麥家族簡直就是一群笨豬，事先就已經告訴過我們，可以用它們的蜜來解所中的蜂毒，但是，我們好像給忘記了。它們還告訴菲其格只管等死好了，沒有人能來救他們了。它們好像根本不知道有你的存在一樣。」

「你是說如果我們能弄到蜜就行了？」

「那當然，但是希望幾乎是零。」

妮兒一聽這話，就像一個洩了氣的皮球。現在她和被關在籠子裡沒什麼兩樣，即便是插翅也難逃。即使離開了小河，又怎麼能弄到蜜呢？

妮兒真想一頭潛進水裡，永遠都不出來……

很久，她都沒有說一句話，直到吉亞發現有一隻藍蜂朝這邊飛了過來，才使她的神志清醒了些。

可是這只藍蜂飛下來的時候不知怎麼搞的，竟然掉進了水裡！水花都濺到了妮兒臉上。

那隻藍蜂拼命地掙扎。但它的翅膀已打濕了，怎麼也飛不起來，再掙扎幾下，它就會沉下去。

妮兒望著它出神，從她的眼神裡唯一看不出的便是她的喜悅。按理說，能親眼目睹一隻卡斯里藍蜂死掉是一件多麼痛快的事啊，可是……

那隻藍蜂已經漸漸沒有力氣了。

「真是開心啊！妮兒，我們的敵人死在我們的面前。」吉亞嘀咕道。

突然，妮兒一把抓住了它，但可能出於本能，她又把它丟了出去。

「妮兒，你在幹嘛？」吉亞驚訝極了。

妮兒也不知道自己做了什麼，只是好像有誰在支配她的行動一樣，落在岸上的那隻藍蜂已經可以動了。

「我知道了。」吉亞說，「你畢竟還是你，一個獨一無二的妮兒。你不懂得什麼叫恨，你的內心深處是善良的。」吉亞說話的語氣聽起來很怪，不知是讚美還是責備。

落水的藍蜂已經站起來了，還在努力地張開翅膀，它已經看見妮兒了，而且，他們在對峙著，以妮兒跟它的距離，如果藍蜂攻擊她是綽綽有餘的。

「謝謝！」終於，從那隻藍蜂嘴裡冒出了一句話。

妮兒沒有出聲。

「你是多麥家族的人嗎？我記住你了。謝謝你救了我。」

「喂，波基，你在哪？」一個聲音響起。

「我在這兒！」那隻藍蜂高聲回答。

「我得走了。你們要記住，明天我會過來找你們，在我來之前，不要離開這裡！噢，對了，我叫波基。」說完，它用力抖了抖翅膀，歪歪斜斜地飛向了天空。

夜靜悄悄的，沒有一點兒藍蜂的聲音。大概是因為它們中有一個成員掉進了水裡，沒人再敢來了吧！妮兒從未對自己

做過的事感到後悔，這次，也一樣。

「你說，那個叫波基的傢伙是不是明天要來收拾我們？」吉亞說。

「不會。」妮兒堅定地說。

「不會，你怎麼知道？像卡斯里那麼卑鄙的家族是什麼忘恩負義的事都幹得出來的！」

「你看到的是卡斯里，而我看到的是波基。」

吉亞沉默了。

這一夜平安無事。

第二天，波基果然來了。

「你們昨夜過得怎麼樣？是我叫它們不用過這邊來偵察的。」

「謝謝。」

「給你，把它吃下去。」波基飛到妮兒身邊，把一塊黃色的東西給了她。

「這是……？」

「是我們的蜂蜜啊！我花了很長的時間才釀好它，你把它吃下去，我們藍蜂就不會螫你了。你只要吃一點點就夠了，剩下的分給你的家人吧。只要吃下去一點點，他們立刻就會好起來。並且和你一樣，所有的藍蜂也都不會再螫他們了。」

妮兒就像在做夢。

「那麼，你……」吉亞說。

「你們不用管我。快把它吃下去。一會兒我會想辦法引開看守的藍蜂，要知道，如果被我們螫上兩次，當場就會死亡。所以你要動作快點。」

妮兒不知道自己現在能想些什麼，說些什麼，只能笨拙地去吃蜂蜜。她只舔了一口，剩下的還有好多。

「好了！」波基說，「我們分頭行事吧！」

妮兒慌忙從水裡爬出來，腿腳都有些發軟了，差點摔倒。

「聽我說，你們一直朝前走，穿過前面的灌木叢，再右轉，在第二個岔道口就可以見到他們了。」說著，波基飛上了天空。

「波基！」妮兒突然高聲喊道。

「還有什麼事嗎？」

「我們……我們永遠都是朋友，對嗎？」

波基沒有回答她。

妮兒飛奔起來，她知道那個地方就在林子的南面。

「你……你跑慢點啊！」吉亞上氣不接下氣地說，妮兒跑得太快了，吉亞也快要被顛死了。

妮兒突然停了下來。

「波基如果被同夥發現，唯一的下場就是一死。」

「卡斯里藍蜂就是這樣！如果發現背叛它們的人，它們就會把它吃掉。」

妮兒又狂奔起來，淚水被風吹得佈滿了整張臉。

終於到達目的地了，這兒果真沒有一隻藍蜂，妮兒見到了幾乎神志不清的菲其格他們。

「妮兒！」西典看見妮兒後艱難地叫出了聲。

大家都回過頭來，憔悴的臉上浮現出一絲驚喜。

「你終於來了！」菲其格激動地說道。

妮兒轉過身去，擦乾了臉上的淚水。

「我帶解藥來了，就是藍蜂的蜜，快吃下去。」

坦塞接過蜂蜜，每個人吃了一小口。

吃過藍蜂的蜜，菲其格、坦塞、珊蒂、萊比亞果然覺得精力充沛起來，就像從噩夢中一下子醒了過來，瞬間恢復了體力。不知為什麼，只有西典沒有完全恢復過來，她還是一副呆滯的眼神，渾身無力。

看來，對於西典來說，一定是蜂蜜的量太少了，可是蜂蜜已經沒有了啊！

怎麼辦呢？正在大家一籌莫展的時候，波基又飛回來

了。它告訴妮兒，因為西典是人類，所以吃它的蜜是沒有用的，只有吃到蜂王的蜜才能治好西典。於是，波基把妮兒帶到了西山後面的一片原始森林裡。它讓妮兒躲藏在一棵大樹的枯洞中，等待它到蜂王的巢中偷取蜂王的蜜，波基只告訴妮兒這是九死一生的事。在妮兒焦急的等待中，波基終於飛了回來，它把蜂王的蜜送到了妮兒手中……

西典吃下蜂王的蜜後，立刻好了過來。讓人難以置信的是，她好過了頭，西典一下子變成了快樂的西典。

卡斯里藍蜂經過三次戰鬥都沒有戰勝多麥家族，只好乖乖地退出了多麥家族的領地。

從此，妮兒再沒有見到過波基。

7

陶特思

　　西典變成了快樂的西典，給大家增添了許多快樂氣氛。西典總是發明一些好玩的點子，讓大家高興個沒完。比如，她會不時地帶著坦塞、珊蒂、萊比亞玩遊戲，就連菲其格也禁不住快樂的誘惑，一起加入比賽爬石頭的遊戲當中。她還會和妮兒一起在小河裡比賽誰捉的魚多。西典的歌聲也變得越來越甜美，她的歌聲時常會像倒著下的雨，從多麥領地穿透森林飄向天空，她唱歌的時候會引來很多小鳥「歌迷」圍在她周圍的樹上，有的還嘰嘰喳喳地跟她學唱歌。

　　妮兒總有思考不完的問題，和永遠擔不完的心。這幾天她雖然被西典的快樂感染得比以前快樂多了，但卻又被一種新的不祥預感困擾住了。妮兒總覺得多麥家族不知道會出現什麼

問題，鬱悶總伴隨著她。沒辦法，她只好又獨自一人來到小河邊，看著河裡流動的翻捲著的浪花。她希望那隻怪鳥一樣的印得會從小河裡一下鑽出來，告訴自己些什麼。可是，小河根本不理會妮兒。

「對了，到葡萄園去看看西典和珊蒂找到多少葡萄了，也順便吃幾顆。」妮兒想到西典、珊蒂這兩個「葡萄王」，便告別小河，轉身向森林邊上的葡萄園走去。

妮兒好有口福，當她到時，西典和珊蒂已經累得滿頭大汗了，她們找到了很多熟透的葡萄。西典看見妮兒，急忙把剛摘到手的一大串紫葡萄送給了妮兒。妮兒和珊蒂在一塊石頭上坐下來吃葡萄的時候，西典轉身又爬到葡萄架上，這時的葡萄園裡又響起了她的歌聲：「穿透樹林的陽光，是縷縷金弦，清風彈奏它……」忽然，一陣涼颼颼的風從妮兒和珊蒂身旁刮過，同時西典的歌聲戛然而止，再看西典，已經無影無蹤了。妮兒和珊蒂一頓猛喊猛叫，但西典卻沒有半點蹤跡。這下可嚇壞了妮兒和珊蒂。珊蒂急忙發出了求救聲，菲其格、坦塞、萊比亞都以最快的速度趕了過來。但對西典的突然失蹤，誰都無法解釋。沒辦法，大家只好四散尋找，直到很晚，才不得不失望地回到住地。

一連幾天過去了，西典還是沒有回來。

「看來是凶多吉少。」菲其格雖然心裡這麼想，但是嘴上仍然勸大家別著急。

　　能不著急嗎？妮兒已經好幾天吃不下東西了。「西典千萬不能出事。」妮兒不只千次萬次地在心裡祈禱著。

　　「別害怕，妮兒，我是庫卡克萊，我是專門來幫你們找西典的。」

　　該來的總會來的。一個小精靈模樣像手掌大小的小人，不知是從天上掉下來的還是從樹上掉下來的，也不知是從地上冒出來的，還是從草叢樹林中鑽出來的，一下子就站在了妮兒面前。他的表情很坦然，個子雖然矮小，像隻小動物，但他的聲音卻渾厚有力，像男高音歌唱家。

　　說不害怕，妮兒還真嚇了一跳，並且瞪大了吃驚的眼睛。

　　「拜託，誰見到我都會瞪大眼睛，你換個新鮮的行不行？我很奇怪嗎？我可覺得自己漂亮死了。」庫卡克萊又說。

　　當妮兒看清他的真面目時，就不害怕了，反正這對妮兒來說也不是第一次了。

　　「謝謝你，庫卡克萊！那你怎麼幫我們找到西典呢？」妮兒急忙友好地問道。

「到時我自有辦法，你只管把我帶回你們多麥家族領地吧！」

其實，妮兒早就有種預感，庫卡克萊該來了，只是猜不出他的模樣。

「你是說要跟我們住在一起？」

「對，這還用問嗎？別忘了我是你們的客人哪！」

妮兒又瞪大了眼睛。

「沒錯啊！看來，你太不瞭解我了，我只要看見個人就要和他一起住、吃、喝，如果你不歡迎就算了。」庫卡克萊沮喪地說。

「我不是不歡迎，我很歡迎啊！」妮兒解釋道。

「這還差不多，那我告訴你好了，西典是被住在地球心臟裡的陶特鬼給捉走的。這個陶特鬼不是鬼，他是地球心臟裡的居民，和我是同一個祖先，他也是我這模樣。他專門偷取最快樂的人的快樂，他還有一種特殊的本領，就是能指揮大自然界中的蜂、蝴蝶、蠅、蚊子之類的小小動物，就是人類說的昆蟲類，也就是說，昆蟲是他的武器。他最拿手的就是卡斯里藍蜂。陶特鬼只要想偷取人類的快樂，第一步就會把藍蜂放出來，專門進攻他的目標和目標身邊的任何動物。但是他會用蜂蜜字條告訴人類怎麼解藍蜂的毒，雖然用藍蜂蜜把毒解了，但

是人類卻中了快樂的咒語（動物則不會這樣），這種咒語就會把目標所在的地點隨時傳給陶特鬼，陶特鬼就會變成隱形人，突然把目標抓走。」

妮兒聽得有些膽戰心驚，原來前些日子，多麥家族和卡斯里藍蜂的大戰，竟然是陶特鬼這傢伙搞的鬼，看來陶特鬼的目標只是對人類有直接威脅。

「那陶特鬼為什麼專門偷別人的快樂呢？」妮兒問庫卡克萊。

「我知道你該問這個問題了。因為快樂是人類感覺自己是人類的唯一標誌，陶特鬼對人類充滿怨恨，但他又消滅不了人類，所以只能使用詛咒等方法來對抗人類，被偷走快樂的人就會慢慢從鬱悶變得對人類、對大自然越來越充滿仇恨！陶特鬼就這樣挑起人與人之間的相互仇殺……」

原來庫卡克萊蠻有正義感的嘛。

妮兒想到這裡，竟冒出一句：「可是不知道菲其格會怎麼對待你。」

「這你不用擔心，他自然會歡迎我的，我會一種魔法……」

「什麼魔法？可不能傷害菲其格！」妮兒擔心地問。

「怎麼會呢？我的魔法就是讓人會喜歡我，我可以在任何

人面前變成任何模樣，就像複製一樣。」

「那就好，我們走吧！」

一路上，妮兒和庫卡克萊又聊了很多，原來庫卡克萊也是個龐大的家族，十幾萬年前也是生活在地球表面的。只是在進化過程中，慢慢進入了地球心臟，在那裡找到了適合他們的生存環境。別看他們人小，卻有著最多最多的智慧。

菲其格和大家聽明白庫卡克萊的來意後，便以多麥家族的最高熱情地接待了他。只是妮兒沒有看到庫卡克萊是怎樣對菲其格施魔法。

第二天一大早，庫卡克萊就起床了。他可真的很讓人心煩，自己起床了就不管別人，一起來就大聲嚷嚷著要吃飯，硬要菲其格老早就起來替他找吃的。

菲其格爬到樹上摘了一大堆果子下來，把果子放在背上馱著送到了庫卡克萊面前。這個庫卡克萊顯然不滿意自己的早餐只能吃果子，今天可能是因為剛來，不好意思挑主人家的毛病，所以才勉強吃了幾口。

「起來了，妮兒，該走了，你怎麼還睡呢？一點也不勤快嘛，這怎麼行！」庫卡克萊一邊吃蘋果一邊說。

「噢！」妮兒騰地就起來了，這是普通人所不能的，多年的豹群生活使她習慣隨時保持警惕。

「哇噢，你這麼快就起來了？」庫卡克萊說。

「噢，對了，有事嗎？你剛才好像說要找什麼事做的。」妮兒問。

「是呀，是呀，去找陶特鬼，你忘了我昨天說的話了？」庫卡克萊說。

「陶特鬼！陶特鬼是誰？」妮兒一臉茫然。

「看來你的記性好差，你忘了我昨天和你說的那個專偷快樂的傢伙了嗎？我們要去找他要回西典啊！」

「你是說要進入地球心臟？」

「是啊！」

很快，多麥家族人員就都到齊了，在庫卡克萊的帶領下，大家向森林裡走去。庫卡克萊帶領多麥家族人員走了很久很久，來到了一條小河邊。他從河岸邊一片茂盛的樹枝條下推出一條兩頭尖尖的烏黑發亮的小船。當大家坐穩後，小船竟然順流而下，一眨眼就飄進了大海。在海裡，小船竟然像一條大鯊魚，頭往下垂直著，向海底鑽去，在水下小船兩邊還翻著浪花。當大家神志稍稍清醒過來後，小船已到達海底，然後，小船又變成了一隻「鑽地船」，向著海底地下鑽去。當小船遇到岩石時，妮兒和菲其格他們都感覺到了溫度在升高，有時還看見小船兩邊濺出的一道道一縷縷火星和火花。庫卡克萊的

「鑽地船」繼續垂直向地底下鑽去，妮兒和菲其格他們竟然看到了地球心臟裡面不同深度、不同地質結構和地球內部不同層面的景觀。在經歷了溫度由低變高，又由高變低的幾次大變換之後，小船的鑽地速度慢慢降了下來，庫卡克萊告訴大家，注意欣賞一下地球心臟裡的地球村的美景。

地球村真的不愧是地球村，蒼天古木遮天蔽日。地方雖不大，可是有山有水有花鳥蟲魚……天阿，恐龍！三葉蟲！袋狼！各種各樣已經滅絕了的動物，和現在的動物生活在一起，倒是人的蹤跡全無。

「庫卡克萊，地球村沒有人嗎？」妮兒看看四周的景色問。

「是啊，是啊，別忘了，你到這裡不能感到奇怪，更不能害怕。」

庫卡克萊又說：「你只管埋頭走，別用打量的眼光去看它們，這會激怒它們的。」

這裡看上去像村莊實際不是村莊。

於是，妮兒跟在菲其格和庫卡克萊身後，頭也不動地走著。周圍流水聲、鳥鳴聲，她都只能充耳不聞。

「到了，好了，你可以隨便看了！」庫卡克萊對妮兒說。

「哎，剛才還是個可怕的地方，為什麼現在又有了人家了

呢?」妮兒問。

「現在眼前這個村子呀,才是真正的地球村。」庫卡克萊說道。

看上去,這是一個古樹村,這裡的大樹有著各種形狀,大樹上像結果子一樣,結著各式各樣的房子,這可真是一個特別的村莊。這裡住的都是精靈一樣的小人,小人像野貓一樣上樹下樹。大樹枝葉茂盛,開滿各式各樣的花,很遠就能聞到花香,還能聽見蜜蜂的嗡嗡聲。

多麥家族剛走進村口,就浩浩蕩蕩擁出來一大片「村民」歡迎他們。他們說著奇怪的語言。庫卡克萊出來和他們交涉。當雙方說明白意思後,才知道陶特鬼曾經是他們的村民,但是自他學會偷取別人的快樂後,就被村長給開除村籍,永遠不允許再回到村裡來了。據說,他搬到一個很遠很遠的部落去了。多虧有一個村民自告奮勇出來做嚮導,替庫卡克萊和多麥家族帶路,大家才順利找到了陶特鬼住的部落。路上庫卡克萊還教會了妮兒和菲其格用來抓住陶特鬼的咒語。能不能找到陶特鬼和西典就不關嚮導的事了,庫卡克萊對嚮導說了感謝的話,嚮導就原路返回了。

妮兒邊往村子裡走邊問:「那,陶特鬼在哪兒?」

「不知道,但他一定會在這裡,這是他的家。這樣吧,我

們先找一間房子讓妮兒住下來，讓她裝成全村最快樂的人，把陶特鬼引出來，到時候我們大家再一起捉住他。」

對於庫卡克萊的建議，大家都覺得很不錯，妮兒也就同意了。

庫卡克萊又強調說：「記住，妮兒你一定要是整個村子中最快樂的人，這樣陶特鬼才會來偷你的快樂，到時候我才能向他施咒語抓住他。」

「那要我一個人住這兒嗎？」妮兒擔心地問。

「當然不，這裡的居民會吃了你。」庫卡克萊說。

「他們……他們會吃人？」妮兒更加害怕了。

「當然，你們人類和這裡的人類是兩個完全不同的物種，就像你們和動物一樣，不是同一物種。」庫卡克萊解釋道。

「你說找個地方住下來，誰會讓我們住呢？」妮兒又問。

「那自然有辦法。」庫卡克萊說。

「噢，嘿嘿嘿。」妮兒終於放心地笑了。

庫卡克萊悄悄告訴菲其格，讓他告訴別人暫時躲起來，以便在暗中抓陶特鬼。 然後，庫卡克萊帶妮兒和菲其格爬上了一棵大樹，他們在樹上結出的一個大房子前敲了敲門，開門的好像是一位老人，他穿著樹皮做的裙子，戴著樹葉做的帽子，光著腳，正奇怪地打量著來人。

只聽他對屋子裡的人嘰哩呱啦說了一些話後，就看見每人手裡拿著一種像劍一樣的武器出來了，他們站滿了一樹。

　　妮兒一看，不好，這是要趕他們呢，再不走說不定就會被打成肉餅。

　　可是庫卡克萊卻不快不慢，只見他「吱吱呀呀」地說了一通後，那些人就都收起了手中的武器，熱情地請妮兒他們進到了屋裡，然後奉上生肉和野果子。

　　「他們不會變卦吧？」妮兒擔心地問。

　　「嘿，先吃再說。」菲其格拿起一塊肉就吃了起來。

　　很快，這間大房子的人都搬走了，這裡只留下了妮兒一個人。

　　妮兒自己住在樹上結出的房子裡，還是很害怕，因為房子會和大樹一起搖擺。

　　接下來的幾天，妮兒在這裡住得開心起來。哈，再也不用像以前那樣天天自己去找食物了，這裡天天有人送來很多食物，睡覺也不用再像以前那樣露天了。可是，陶特鬼就是不肯露面。妮兒快要坐不住了，再不來豈不是要在這裡住一輩子呀！自己不是已經很快樂了嗎？可是，庫卡克萊和菲其格還都說別著急，慢慢等。 一天，妮兒正站在樹房子門口看著外面的風景，忽然，有一個精靈一樣的小人兒出現在她面前—陶特

鬼終於來了。

　　不過他的到來方式與以往不同，聽說每回他只在隱形之後，神不知鬼不覺地偷走別人的快樂，而今天卻明目張膽地來了。

　　妮兒嚇了一跳，菲其格和庫卡克萊剛好出門了。要是這個老鬼真把快樂偷走了，那多可怕啊！

　　「你是誰？」妮兒為給自己壯膽，裝做強硬的樣子問。

　　「噢，我想你是明知故問吧！我就是陶特鬼。快把你的快樂給我吧！」

　　看見真的陶特鬼，妮兒竟然嚇得忘記了庫卡克萊教她的咒語。

　　「其實有時候人太快樂了也不好，要時不時地來點悲傷，就像我會把快樂變成悲傷再送給你們一樣。其實我的工作是神聖的，不是嗎？好了，沒有時間跟你囉唆了，我讓你和西典繼續在一起好了。」陶特鬼邊說邊準備下手捉走妮兒。就在這千鈞一髮之際，吉亞一著急從水晶三角體裡吐出了一團煙霧，擋住了陶特鬼的視線，妮兒才想起來躲避。

　　「先生，你要我的快樂，我是不會給你的，也請你快把西典交出來！」妮兒鎮靜下來，大著膽子說。

　　「哈哈哈！那我就不客氣了！」

「別怕妮兒，我來了！」原來是庫卡克萊趕了回來。

陶特鬼聽見庫卡克萊的聲音嚇了一跳，但是沒等庫卡克萊這位老對手施出咒語，陶特鬼急忙用隱身術逃之夭夭了。

由於妮兒成功地引出了陶特鬼，大家才發現了他的蹤跡，這才找到了被困在一棵大樹洞裡已經失去快樂的西典。

不管怎樣，西典總算又回到了多麥家族。

庫卡克萊又用他的「鑽地船」把大家送回了多麥領地，並告訴大家，除了找到陶特鬼外還有一個救西典的好辦法，那就是要找到吸咒石。不過這塊吸咒石在哪裡，他也不知道。

告別大家後，庫卡克萊又踏上了尋找陶特鬼的征程。

8

吸咒石

　　雖說救出西典是一件值得慶賀的事，但多麥家族中沒有一個人高興得起來。大家一改往日的歡快心情，各個獨來獨往，尤其是珊蒂，經常一個人不知躲到哪兒去了，總是很晚才回來。是啊，西典還是老樣子，只是臉上更加蒼白，目光更加迷茫，她很少（或者說從不）講話，一個人靠在大樹旁，一坐就是一整天。妮兒知道，大家也都知道，西典的體內已經在形成恨了，她的苦悶終究有一天會以可怕的形式釋放出來。可是，沒有人幫得了她。

　　新鮮的空氣依舊蕩漾在森林的每一個角落，陽光穿過濃密的葉子，射出漂亮的顏色。如果是以前，妮兒醒來的第一件事便是長長地舒一口氣，然後欣然接受美好的一天。不過這

次，妮兒早在太陽還沒出來前就醒了。她想了一整晚，甚至都有些不相信這是真的，可當一切又恢復色彩的時候，她又不得不憂傷起來。

趁著坦塞他們還沒醒，妮兒一個人悄悄地來到了小河邊，露珠沾得滿身都是，此時只剩下涼意。

小河還是那麼清澈，它沒有任何沖刷不掉的苦惱。陽光淡淡的，暖暖的，還是睡眼惺忪的樣子。這個季節正是花開的時候，清晨的花總是那麼香，儘管它們剛剛醒來。

妮兒面對著小河坐下來，呆呆地望著它，好像在等待哪朵浪花能將她的憂愁一同帶走。

身旁吹起陣陣的風，一切都太正常了，讓人有些不知所措。

妮兒的思緒終於被一些聲音打斷了，是夾雜在這美好景色中的另一種氣息，沒錯，是一些小生命已經出來工作了─蝴蝶、蜜蜂。不知怎麼的，妮兒突然站起來，好像發生了什麼事，沒錯，妮兒聽到了一種聲音：蜜蜂飛行的聲音！是的！妮兒想起了卡斯里藍蜂，既然西典是因為藍蜂的蜜才開始噩夢之旅的，那麼，這個玩笑的結局是否還與藍蜂有關呢？

妮兒的臉上終於浮出一絲微笑。

她飛奔回家裡，坦塞他們早就醒了，妮兒激動地喊了出

來：「我知道該怎麼做了！」

整個林子裡都迴盪著她的聲音，珊蒂、坦塞、萊比亞、菲其格都被嚇得呆在那裡，西典的表情更是可怕。

還是坦塞先開的口：「你說什麼？妮兒？難道你說你……」

「是的！我知道該如何救西典了！」

大家再一次露出驚訝的表情。

「我們趕緊來計畫一下！」妮兒急切地說道。

「好！大家先安靜一下，我們來聽聽看，妮兒是如何想到辦法的！」菲其格高興地說。

大家圍著坐下，珊蒂和萊比亞還是滿臉的疑惑。

「你們還記得藍蜂嗎？」

「當然，那是要我們命的毒蜂。」坦塞不假思索地說道。

「西典因為藍蜂的蜂蜜才變成今天的樣子，那麼是不是要從藍蜂身上想辦法呢？」

「你是說……再去找藍蜂蜜？」珊蒂激動地問。

「沒錯！我想它應該就是解決的辦法！」妮兒說道。

「那我們還等什麼！趕快出發吧！」

「可是……」妮兒猶豫了，「藍蜂已不知遷徙到哪兒去了。」

「這不等於沒說嗎？」珊蒂騰地站了起來，自從西典出事之後，她就一直這樣，很容易生氣，脾氣也不像以往了，彷彿判若兩人。

「先別著急，我倒有個想法，我們還是在林子裡仔細地尋找一遍，看看藍蜂遷徙後剩下的蜂巢裡，還有沒有餘下的藍蜂蜜。」坦塞說道。

「這是一個不錯的主意。」菲其格肯定了坦塞的想法。

於是，大家開始分組行動。

菲其格帶著萊比亞，走進密林裡去了。

「妮兒，上次不是你找到藍蜂的老巢的嗎？我們今天還是應該先去那個地方碰碰運氣。」坦塞提醒妮兒。

「我雖然不記得去那裡的路，但那裡的景象我至今都記憶猶新：到處都是花。不過，我就只看到一眼，因為我是急忙路過的，所以，路線看得不是很仔細。」妮兒努力回憶說。

「等一下，那兒有很多花，對嗎？」坦塞問道。

「是啊。」

「我知道了，你去的是西山的後山，我曾去過兩次，離這兒挺遠的。」坦塞說道。

珊蒂忍不住插嘴：「就是說你們還能找到？」

「我想是的，只要那裡真的和妮兒說的一樣。」

「那我們趕快出發吧！還等什麼！」珊蒂說。

「等一下，珊蒂，你也要去嗎？」坦塞一臉嚴肅地問道。

「當然，難道……難道你們不讓我去？」

「不是的，珊蒂你聽好，我們只是去試一試，並不等於成功，何況，西典在家需要有人照顧，你才是最好的人選。」

「不過，我怎麼能不盡力呢？」

「你在家照顧西典已經是在盡力了，真的，珊蒂。」妮兒也說道。

「好吧！不要耽誤時間了，你們快去吧！」珊蒂冷冷地說。

坦塞和妮兒出發了，他們連走帶跑走了大半天，終於到了西山，妮兒不得不承認自己確實忘了路，他們翻過山，來到了後山。

這兒已和上次去時有些不同了，不知是不是心理作用，妮兒總覺得這裡不像是上次路過的地方，放眼望去，這片花好像沒有上次看見的大了。

「你確定是這兒嗎？」坦塞問道。

「好像是。」妮兒猶豫著說。

「坦塞，快，就是這兒，你快看，花叢對面那片原始森林！」妮兒一下子興奮起來。

「快走。」妮兒和坦塞大步小步穿過花叢，直奔向那片原始森林，這裡的樹又高又粗，很多大樹的樹幹上已經出現了枯洞。

　「到了。」妮兒說道。

　原始森林裡，再強的陽光也難以穿透它的陰涼。妮兒和坦塞都覺得涼絲絲的，看看陽光偶爾從樹葉縫隙像一縷細線一樣照進地面，但已是蒼白無力。走在地上，其實就是走在枯樹葉堆成的地毯上。妮兒和坦塞的到來嚇跑了很多小動物。一棵一棵的大樹找過去，費了好大勁，坦塞終於從一棵大樹洞裡找到一個仍然完好無損的蜂巢。當他用嘴叼給妮兒時，妮兒高興得跳了起來。

　妮兒仔細地檢查了蜂巢，簡直太好了，這正是藍蜂留下的蜂巢，西典有救了，蜂巢裡面，竟然還有很多保存新鮮的藍蜂的蜜。

　當妮兒和坦塞返回西典身邊，把喜訊告訴大家後，包括徒勞而歸的菲其格、萊比亞，大家個個欣喜若狂。

　「快，西典準備好，等會兒把蜂蜜喝下去。」珊蒂激動地說道。

　妮兒在大家的注目下將藍蜂的蜜從蜂巢中取出來，正準備遞給西典時，那塊晶瑩的蜂蜜在妮兒的手中突然乾涸成一張

蜂蜜字條:「對於人類而言,同樣的機遇只能有一次。」顯然已不能再使用同樣的方法,讓西典恢復成快樂的西典。大家面面相覷,真讓人沮喪。

沒辦法,菲其格還是說出了自己的想法,還是應該按庫卡克萊說的尋找吸咒石的辦法來挽救西典,其實,也只有這個才是老老實實的辦法。尋找吸咒石總比去找隱形的陶特鬼要容易,因為陶特鬼是活的,他可以雲遊四方,而吸咒石是死的,它只有吸出咒語的功能。可這吸咒石只是聽庫卡克萊說過,真假也難說。

再說,天下這麼大,到哪裡找呢?菲其格這回也想起來了,好像是聽上代人說過,吸咒石是血紅色的石頭,石頭上全是像蜂窩一樣的空眼。如果在石頭下面放著水,水很快就會倒流到頂上,也就是說它能吸水。大家聽了菲其格的話,都覺得尋找這樣奇怪的石頭肯定比找金子還難。現在大家都在回想著,有沒有發現過這樣的石頭,妮兒帶頭啟發大家,讓大家推測哪些地方可能會有吸咒石。

「有了,那裡有!」萊比亞說。

「快說,哪裡有?」妮兒的眼睛立刻亮了起來,急忙問萊比亞。

「就是月光林裡啊!上次我們去那裡時,不是路過一條大

山澗口嗎？我當時好奇地向裡邊多看了幾眼，我看見那裡的石頭都好奇怪，顏色也很特別，我真想進去看看，只是怕迷路才沒進去。」萊比亞又繼續對大家說。

「太好了，對，吸咒石是具有天地之間的能量的，也只有月光林那樣的地方才會使什麼東西具備天地之間的能量的。」菲其格受到啟發後推測說。大家一下子興奮起來，按照菲其格的部署，多麥家族全體成員連夜悄悄出動，向月光林走去。

由於有過一次經歷，大家走在月光林中，已不再像第一次那樣好奇和驚訝了。儘管這片月光林仍是神秘莫測，奇象環生，大家還是無暇顧及，只是集中心神趕路。天空又出現了無數的星星，月亮高高地掛在天上。忽然，大家看見天空中的月亮晃動起來，月光在月光林中也隨即晃來晃去，接著一股潮氣迎面襲來。

「快，準備一下，要下大雨了。」菲其格話音剛落，大雨就劈裡啪啦下了起來。沒辦法，多麥家族只好圍靠在一棵濃密的大樹底下。雨越下越大，天空中的月亮也是越晃越劇烈，有幾顆星星在月亮周圍若明若暗，不一會兒就發生了爆炸，緊接著在月光林中就聽見了沉悶的雷聲，雨也下得更猛烈起來。

月光林簡直就是外星球，這裡的天象、氣候完全和外面不一樣。外面下雨非陰天不可，非有雲彩不可，可月光林裡不

一樣，滿地月光和星光，說下雨就會下起大雨來。總算「雲過天晴」，雖然沒有雲，雖然看不見太陽，但月亮穩定了下來，這一定是天晴了。

真的天晴了，地上的水變成了霧氣，慢慢籠罩了月光。大家只好摸黑向前走著。走著走著，前邊又出現了一道亮光，他們很快走到了內月光林與外月光林的分界點，還好，這時霧氣散盡了，他們繼續向內月光林走去。

一掛瀑布傳來「嗚嗚」的響聲，他們走到瀑布下邊的潭水邊，果然又見到了老朋友羽毛耳。雙方友好地擁抱之後，妮兒便迫不及待地將這次來月光林的目的告訴了羽毛耳，羽毛耳證實他們來對了，這裡的一條山澗中就生長著大量天然的吸咒石和詛咒石。羽毛耳安慰了西典幾句後，便帶大家走進了內月光林裡的一處大山谷。 當羽毛耳把大家帶到山澗口時，他才認真地對大家說：「在這山澗裡有一條很深很深的耳澗，耳澗裡面全是吸咒石和詛咒石，除了咒石之外，就是飛石、響石、回音石、發音石、紅火石、藍火石、發光石、綠寶石、藍寶石、鑽石、玉石等等，那裡是寶石、奇石和怪石的世界，這些石頭表面看起來一動不動，可它們卻是有生命、有靈性的石頭，誰在這裡邊只要拿出任何一種石頭，都會成為巫師、巫婆，或者大富翁，或者成為超人。誰要能拿到一塊飛石，就會

成為飛人，就能在天空、陸地、森林、和水上飛來飛去。」

「當然，詛咒石可以對事物進行詛咒：可以詛咒一個生命體立刻死去，可以詛咒一棵大樹變成一棵小樹苗，可以詛咒一隻鳥的羽毛在寒冷的冬天全部脫落，可以詛咒晴朗的天空立刻變成風雨雷電的世界……」

「當然，除了詛咒人用詛咒石獨特的破解咒語破解之外，吸咒石就是一把萬能的鑰匙，無論什麼詛咒都能破解復原。所以，世上前來尋寶的人像螞蟻一樣絡繹不絕，可是成功者很少。你們往裡走就會看到成堆的白骨。」羽毛耳的一席話讓大家毛骨悚然，幾乎被嚇得不敢往前走了。

「為什麼會這樣呢？」妮兒不解地問羽毛耳。

「是這樣的，在那耳澗的澗口，有一塊必經的詛咒石，誰過去都會立即遭受詛咒而死去。當然它也是一種怪石，只要是兩個生命體結合在一起，詛咒石就會失靈。比如，人類中的孕婦，還有動物中懷孕的母性都能走過去，這可是秘密。妮兒、西典，你們是我們之中的人類，千萬不能把這個秘密告訴人類，你們可知道，人類是地球上最最貪婪的動物。這是一個生死關口。」

羽毛耳的話又刺激，又過癮，看來要想治好西典，妮兒只能捨身成仁了。妮兒心裡想著，光有勇沒有謀，保護不了自

己，豈不是白白送死，這樣也救不了西典。妮兒的大腦中飛快地閃過了很多破解的辦法，但都非常幼稚，被自己否定了。

「那怎麼辦？」妮兒問羽毛耳。

「當然要冒險，你們看看這些白骨不都是冒險者嗎？」羽毛耳冷靜地說。

是進去還是不進去，就等於是救西典還是不救，大家圍坐下來，一起想辦法。妮兒真不愧是妮兒，她知道自己和西典雖是人類，但都是小孩，無法像母親一樣懷孕，而珊蒂和萊比亞雖是母性豹子，可她們也沒有懷孕，唯一的辦法就是讓自己抱住珊蒂或萊比亞，藏在她們的肚子下面，偽裝成一個整體，這樣兩個生命體就可以闖過詛咒石關口了。

妮兒的想法得到了大家包括羽毛耳的稱讚，但是風險太大，弄不好妮兒和珊蒂或是萊比亞就會立即死去，但是妮兒決心已定，為了救西典，她心甘情願去冒這個險。大家被妮兒的決心感動了，菲其格提出來要用妮兒的辦法和妮兒一起闖過去，但妮兒擔心菲其格是一隻公豹子，如果被詛咒石識別出來，那麼一切都完了。辦法只能是珊蒂和萊比亞其中之一帶妮兒同去。珊蒂和萊比亞開始爭論起來，最後，菲其格決定讓珊蒂帶妮兒去闖詛咒石這道生死關口。

大家一起給妮兒和珊蒂加油鼓勵。妮兒反過身子，緊緊

抱住珊蒂的肚子，大家屏住呼吸，看著她們一步步向澗口的詛咒石走去，也許妮兒和珊蒂是在一步步走向死亡。

十步、九步、八步、七步、六步……一步，妮兒和珊蒂走過了澗口詛咒石！

「哈哈……」成功了，妮兒、珊蒂成功地進入了奇怪石山澗。

「哇！」妮兒和珊蒂真恨自己沒有渾身長滿眼睛，她們看著前面看不著後面，看著左面看不著右邊。

「珊蒂，靜一靜！」妮兒聽見一種美妙的音樂，原來是妮兒和珊蒂走到了一塊音樂石面前。

「快閃開，妮兒。」珊蒂看見一塊飛石像一團棉絮朝她們飛來，珊蒂使勁用頭把妮兒撞開半步，但是，那飛石卻不偏不倚飛到了珊蒂的肚子底下，帶著珊蒂飛了起來，等妮兒反應過來，珊蒂已經飛遠了。

當妮兒聽見珊蒂呼喊「妮兒，快救我」的聲音時，珊蒂已經騎著飛石飛向了一線天，原來這條耳澗深不可測，她們看見的天空只是一條亮線。妮兒正在束手無策時，又有一塊小飛石向她飛來，妮兒什麼都顧不了啦，心裡只想著去追趕珊蒂，把珊蒂救回來。

「快，飛石飛過來。」妮兒竟面對飛石脫口而出。真是奇

怪，飛石就像聽得懂人話似的，飛到了妮兒跟前。妮兒看清了在眼前慢下來的飛石，一把抓住，用力一蹬就輕鬆地騎上了飛石：「快！去追珊蒂！」

飛石馱著妮兒嗚嗚地向「一線天」飛去。

妮兒騎著飛石飛了起來，就像一隻小鳥一樣，這讓妮兒太過癮了。開始她還很害怕，怕從飛石上掉下來摔成肉餅，可飛著飛著，膽子就大起來，竟敢自由呼吸了。慢慢地，她敢動一動腳了，再慢慢地，她又敢鬆開手做出飛翔的姿勢了。珊蒂就在妮兒前邊，她飛得比較平穩，看來豹子的穩定性天生就比人類好多了。因為妮兒不會控制平衡，所以她的飛石會忽左忽右，忽高忽低，但妮兒早已不害怕了，眼看就要追上珊蒂了，但是她看見前面的珊蒂所騎的飛石，一個翻身又向谷底滑翔下去，真好玩！看來飛石後邊是長著眼睛的，要不就是它前邊有反光鏡。妮兒也用力反向飛回谷底。妮兒和珊蒂就像兩隻飛翔在山澗裡的老鷹，一前一後，忽而升上澗頂，忽而俯衝澗底。她們又像兩架戰鬥機，一架在追，另一架在逃。妮兒和珊蒂就算有追上的時候，也是擦肩而過，早已弄不清是誰在追誰了。也許是她們過夠了飛翔的癮，也許是她們玩累了，當兩人再次碰面時，都著急地問對方怎樣才能下去，飛石肯定是聽懂了她們的話，兩塊飛石竟然一前一後平穩地飛向澗底，讓妮兒和珊

蒂回到了地上。

「快，珊蒂，我們趕快找吸咒石吧！」妮兒對珊蒂說。

走著走著，妮兒和珊蒂各自發現了一塊咒石。它們像雞蛋那麼大小，看上去像一塊火山石，上面全是坑坑窪窪，果真如蜂巢一樣，放在手裡很輕，仔細看兩塊咒石又不一樣，妮兒找到的那塊空眼大，而珊蒂找到的那塊空眼小。妮兒看著兩塊不一樣的咒石，一下子想明白了，這肯定一塊是吸咒石，一塊是詛咒石，但妮兒沒辦法識別，只好和珊蒂一起商量。結果只能是做試驗，可萬一試驗失敗，她們就出不去了。

「珊蒂，我們的目的是為西典治病，而西典是人類，要做試驗就必須拿我來做，別忘了我也是人類啊！」妮兒曉以大義地說道。

「那好吧！」珊蒂說。

「妮兒，你想好了嗎？你要我給你施一個什麼咒語？」珊蒂十分擔心地問妮兒。

「讓我想一想。」妮兒說。

「好了，我想到了，你就詛咒我變成一隻豹子吧！我也一直想看看變成豹子是什麼感覺。」

「好了，那我就開始詛咒了。」珊蒂一邊說著，一邊將一塊小空眼的咒石對準了妮兒。

「讓她變成一隻豹子。」珊蒂說。

妮兒果真變成了一隻豹子。變成豹子的妮兒急忙和珊蒂親熱在一起，相互打鬧了起來。她倆玩了一會兒，珊蒂才忽然想起正事，她又急忙拿出大空眼的咒石，對準了豹子模樣的妮兒，妮兒又一下子從一隻豹子恢復為本來的妮兒。

太好了，原來這大空眼的就是吸咒石，妮兒小心翼翼地收起來。

妮兒和珊蒂準備按原來的辦法走出耳澗。珊蒂沒有同意立即出去，她想帶出一塊飛石。因為珊蒂做夢都想變成一隻飛豹。想想有多少次，想捉一隻停在地上的飛鳥，費了很大的勁，又是縮下身子，緊貼地面向前爬行，又是躲藏在草叢裡死死守候，可往往每次都只能眼睜睜地望著鳥兒飛走。

妮兒沒有反對珊蒂，因為她也是這麼想的，為了掌握騎飛石的本領，她們兩個決定再騎一會兒飛石。是啊！能找到這裡多不容易，應該盡興地玩一玩。其實，她們根本不知道在外面等候的菲其格有多著急，菲其格確實心裡急得像著火了一樣，他不知道這神奇的耳澗裡會有什麼事情發生，沒辦法，不管怎樣只能耐心等待。

妮兒和珊蒂又分別抓住一塊飛石騎了上去，這次她們玩得更盡興了，想快就快，想慢就慢，想落就落，想飛就飛。原

來飛石能聽懂各種語言，根本不用咒語。她倆玩夠騎飛石後，又開始尋找飛石。在空中飛的抓不到，飛得低的，一抓又飛高了，費了好半天，她倆才抓到一塊大小合適的飛石。妮兒將它藏了起來。這回本該走出去了，可妮兒又想找一塊寶石帶出去。這裡的綠寶石太漂亮了，太令人炫目了，於是兩人又一起挑選起綠寶石，直到找到一塊最好的，才依照進來的辦法走出了滿是寶石、奇石、怪石的耳澗。

　　焦急萬分的菲其格他們看到妮兒和珊蒂順利走出耳澗，自然高興極了，大家一下子跑上去把妮兒和珊蒂圍了起來。

　　按照羽毛耳的建議，大家又回到羽毛耳的住處。那是一個很寬敞的大樹洞，走進洞口就是一個十分平整的大廳。羽毛耳自己住在緊靠裡邊的地方，就像國王一樣，洞口還有幾個警衛。

　　大家期待的時刻到了，妮兒拿出吸咒石對準了西典說：「西典快恢復原來的西典。」

　　大家圍在一起，大氣也不敢喘一下，焦急地等待西典恢復成原來的西典，可是奇蹟並沒發生，西典蒼白的臉依舊蒼白。妮兒反覆實驗了幾次，都不管用，怎麼辦？妮兒急得滿頭大汗。

　　「珊蒂你來試試吧！」妮兒忽然想起了珊蒂就是使用這塊

吸咒石才使自己從一隻豹子恢復成人的。

　　珊蒂從妮兒手中接過吸咒石，對準西典：「西典、西典，恢復成本來快樂的西典。」

　　西典蒼白的臉色一下子紅潤起來。

　　成功了！成功了！西典恢復成了快樂的西典，西典一下子和妮兒擁抱在一起，她的歡笑迅速充滿了羽毛耳的樹洞。大家都變得輕鬆快樂起來。

　　這吸咒石為什麼只有珊蒂才能用呢？妮兒覺得奇怪，從珊蒂手中接過奇怪的吸咒石時，她把吸咒石翻來覆去仔細看了好一陣子。「噢……」原來這塊吸咒石是非常少有的，它是一塊集詛咒石和吸咒石合為一體的咒石，一面空眼大而另一面空眼小。妮兒取出來對準西典吸咒時，正好是將詛咒石的一面對準了西典，要不是及時讓珊蒂接手的話，西典肯定會病情急劇加重，因為她又被詛咒了。當珊蒂從妮兒手中接過吸咒石時，正好將吸咒石的一面對準了西典，才成功解救了西典。妮兒把這一發現偷偷地告訴了珊蒂。

　　告別羽毛耳，告別月光林，大家平安回到了多麥領地。論功獎賞，菲其格把最好的烤野豬排分給了妮兒和珊蒂。吃飽喝足之後，大家都非常想聽一聽妮兒和珊蒂在耳澗裡的所見所聞。

妮兒娓娓道來，先講了她們怎樣騎上飛石飛來飛去的經過，接著又講述綠寶石的事，妮兒一時高興，竟然把綠寶石隨手取了出來。

　　「哇！」大家看見像陽光一樣放射著綠色光芒的綠寶石，都目瞪口呆。像個大雞蛋一樣的綠寶石肯定價值連城，大家開始傳來傳去，誰都想多拿一會兒這舉世無雙的綠寶石。最後，妮兒還是認真地把它交給了菲其格。妮兒說，這綠寶石不是她和珊蒂的綠寶石，而是屬於整個多麥家族的。

　　「對啊，珊蒂，飛石那麼好玩，你們帶沒帶出來一塊呢？」萊比亞問。

　　「這這這……」珊蒂根本不會撒謊，她支支吾吾起來，妮兒眼看無法保密，只好如實告訴了大家。這更讓大家樂歪了，多麥家族的人可以飛翔了……

　　能飛上天空真不可思議，地上的走獸騎上飛石，也就等於有了飛禽的翅膀，飛上天空是所有走獸的理想，這個理想竟然就要在多麥家族實現了。

　　「快拿出來！讓大家見識見識。」菲其格也好奇地對妮兒說。

　　妮兒從衣服裡又小心翼翼地取出一塊看似輕飄飄的棉絮一樣的石頭。

　　大家迫不及待地觀看起妮兒和珊蒂的飛行表演。

　　這次由珊蒂先飛，可是珊蒂騎在飛石上好一會兒，想要飛的話說了一遍又一遍，飛石仍然無動於衷，和普通石頭一樣在地上絲毫不動。珊蒂的試飛搞砸了，輪到妮兒，飛石一樣沒有飛起來。

　　妮兒這次不管看了多少遍飛石，都沒看出名堂，飛石竟然變成了一塊普通石頭。

　　「這也不奇怪，地點變了，環境變了，事物的本質就會變化的。」菲其格像位老學者一樣說了一句誰也聽不懂的話。

9

海猿

　　多麥家族在菲其格的主持下又召開了一次家族會議，表揚了妮兒，也表揚了西典。

　　可是妮兒還是覺得鬱悶，她又習慣地來到了小河邊。自從西典恢復快樂後，妮兒又想起了陶特鬼，當初眼看就要抓住他，卻讓他跑了，就是因為自己忘記了咒語，這狡猾的陶特鬼，早晚得捉住他。妮兒又默念起了抓陶特鬼的咒語，念著念著，妮兒覺得自己衣服裡邊越來越熱，這才想起了吉亞，她急忙把吉亞取出來，真是奇怪，吉亞的水晶三角體竟然像霧氣一樣化開了，吉亞變成了一隻真鴿子，在妮兒手裡抖一抖翅膀飛向了藍天。歪打正著，妮兒念錯了一句咒語，卻把吉亞救了出來。

　　妮兒高興極了，她急忙爬到最高的那棵樹上，向遠方望去，她要看看自己的小精靈飛到哪裡去。樹林一望無際，不時還有幾隻鳥在上面飛來飛去，那隻白色的，一定就是吉亞吧。看著看著，妮兒又睏了，抱著樹幹睡了起來（在樹上睡覺已成了她的習慣）。

　　醒來之後，太陽正照在妮兒身上，看遠處都有些睜不開眼了。

　　「吉亞怎麼還不回來？」她小聲嘀咕著。

　　「我早就回來了。」吉亞在她頭頂上說。

　　妮兒差點從樹上掉下來，吉亞就在她頭頂的樹枝上。

　　「你什麼時候回來的？」妮兒問。

　　「剛才啊，你沒看見啊？」吉亞回答。

　　「是沒看見，不過，那邊有什麼好玩的嗎？」妮兒好奇地問。

　　「那邊有片海洋，我還假裝自己是海鷗呢！」吉亞興奮地說。

　　「哎哎哎，別以為我沒去過，你就趁機唬弄我啊，那兒有什麼海、海鷗？你以為我是傻瓜啊！」妮兒說。

　　「騙你幹嘛，有必要嗎？有本事，你飛過去看看不就得了。」吉亞認真地說。

「那有什麼，我不能飛，還不能走嗎，說吧，在哪兒？」妮兒毫不示弱。

　「就在樹林東面的邊緣。」吉亞說。

　「什麼，這麼遠？我走一年也走不到啊！」妮兒驚訝地說。

　「那你看，你又不信，我沒辦法。要不這樣吧，我去捉兩條海魚來給你看，怎麼樣？」吉亞說。

　「行了行了，我跟你去。」妮兒說。

　妮兒想，反正自己只要在天黑之前回來就行了。

　「吉亞，這麼走實在是太慢了……如果……」妮兒說道。

　「如果你也長出對翅膀來？」吉亞開玩笑地說。

　「哼，小看我了，今天就讓你見識見識！你飛到前面帶路，小心讓我追上。」妮兒高興地說。

　看來妮兒是要用她的看家本領了。

　吉亞料到妮兒要用跑這個「絕招」，所以早就飛出去老遠了，等到反應過來時，已看不見妮兒的蹤影了。

　妮兒跑得像成年公豹子一樣快，這是坦塞教她的。她要是到人類世界去比賽，準把裁判嚇暈不可。這還不算，她跑起來不知道累，可以這樣快跑四、五個小時，然後放慢一點點速度，馬上又充足了勁。大概沒有像她這樣的人類了，就是菲其

格也會甘拜下風。

　　妮兒跑著跑著，不見了吉亞，馬上停下來找（妮兒從來不會因慣性而停不下來，她想停下來，就能穩穩當當地站在地面，從不會向前滑）。

　　「我……我在……這兒呢！」吉亞用力地喊。看起來它已經累到不行了。

　　「慢下來幹嘛，你都飛不動了。」妮兒說。

　　吉亞沒有回答，它沒趴到地上就不錯了。

　　「好了，你歇著吧，還有多遠？」妮兒問。

　　「快……到……了。」說完，吉亞就趴在一棵樹上了（因為它才剛開始自由飛翔，一時翅膀還不夠有力）。

　　「你就在這兒待著吧，我自己去了啊！等你休息好了再來找我吧。」妮兒對吉亞說。

　　說完，她又以閃電般的速度衝了出去。

　　過了不長時間（妮兒是這麼認為的），妮兒到了。眼前，真的有一片汪洋大海。

　　「怎麼可能？我……原來生活在海邊？」妮兒一邊使勁揉眼睛一邊想著。

　　可不是嗎，她的腳下有沙灘，浪花還不時地打在沙灘上。她又撿起了一塊石頭丟進海裡，撲通一聲，石頭沉了下

去。

「太……太不可思議了。」妮兒心想。

「是啊，太不可思議了。」吉亞不知什麼時候趕了上來。

「我在這兒待了這麼多年，從來沒聽菲其格說過這裡還有海。」妮兒對吉亞說。

「照你的意思是說，這海形成得也太快了吧。」

「虧你在水晶體裡生活了這麼多年，海要是那麼快就形成，我們早被淹死了。」

「那就是菲其格沒告訴你吧。」

「這還比較有可能。」

「好了，吉亞，該走了。知道了這個地方就行了，我們回去問問菲其格，看他知不知道這片海，要是他知道啊，就算又多了個可以玩兒的地方，要是他不知道，以後就少來。」妮兒說道。

「你讓我歇一會兒行不行啊！」吉亞站在地上，乾脆不動了。

「那好，你歇著吧，我先回去了，天黑了迷路，可別說找不到我啊。」

「哎，你別走哇，真是的，休息一下都不行。」吉亞有些生氣了。

等到吉亞再次落到地面上時，他們到家了。當然，吉亞成了公開的秘密。

「你終於回來了，都出去一天了，我還讓西典去找你們呢，萊比亞，去把西典找回來吧。」菲其格說。

「菲其格，問你一件事。」妮兒對菲其格說。

「問吧，只要我知道。」

「我們這片樹林的東面有一片海啊？」

「噢，你看見了嗎？」

「我，我剛才去了，親眼看見的。」

菲其格沉默了一下，終於說道：「該來的總是要來的，它叫耶諾海，就是達侖針餘下的能量讓森林變成的海洋。」

妮兒簡直聽傻了：「我們在月光林中不是早就把達侖針消滅了嗎？」

「唉，哪有那麼容易的事啊！上次我們只是消滅了它的大部分能量，餘下的能量就變成了你今天看到的這片海，這海裡有海猿部落，它們想利用達侖針重新讓地球全部變成海洋，並由它們來統治地球。這個海猿其實就是海裡的怪獸，它最大的特徵就是喜歡吃人。」

「要完全消滅達侖針，我們得從長計議了，海洋可不比陸地啊！」

妮兒聽明白了，看來這個達俞針確實不是輕而易舉就能消滅了的，這倒更增強了她的好奇心和冒險精神。

　　「好了，妮兒，你都聽清楚了，以後不能再單獨去了。」菲其格說。

　　「噢。」儘管妮兒這麼回答，但她已經打好主意了，明天一定要再去看個究竟。

　　好不容易等到了第二天，天還沒亮，吉亞就被妮兒叫了起來。

　　「幹什麼，這麼早就起來？」

　　「噓，小點兒聲，我們要去耶諾海。」

　　「你瘋了！」吉亞撲了撲翅膀站了起來，「那裡可是住著怪獸。」

　　「我是瘋了，你去不去？」

　　「不去。」

　　「不去是吧？那我可自己去了。」

　　「別急呀，有話好好說，我去還不行嗎？」

　　「那你就快點。」

　　知道了路，他們比昨天快了許多。清晨的大海真是漂亮極了。

「這麼漂亮的海裡有海怪真是可惜呀！」

「是啊……不過，得看是什麼海怪。」

「當然是又大、又兇猛的食人海怪了，菲其格說話還有假？」吉亞堅信不移地說。

「好了，吉亞，你在這裡等一會兒，我下去看看。」

「什麼？我沒聽錯吧！你……你要下去？」吉亞不解地問。

「沒錯啊，我一口氣能憋好長時間！」妮兒說。

「那也不行！不管怎麼說我不能讓你下去，你要是死了，我可怎麼向菲其格交代啊！」吉亞說道。

「和你又沒關係，是我自找的。」妮兒說。

「不管怎麼說，我就不讓你下去。」吉亞堅持說道。

「那好，我不去了總可以吧。你看那邊是什麼？」妮兒驚慌地喊。

趁吉亞一轉頭，妮兒便撲通一聲跳了下去。

到了海裡，妮兒不免有些幸災樂禍，有本事，吉亞你也下來啊！

海裡的世界就是比陸地上好多了，儘管海洋深處可能有危險，但妮兒還是決定潛到海底。

到了海底，景色更是大不一樣了，幾乎所有沒見過的景

物都出現了，大的小的、花的綠的、奇形怪狀的魚類，真是千姿百態。妮兒竟然看見了一條美人魚，看得她時不時地張大嘴巴（當然，只是形容而已，要是真張大嘴巴，非嗆水不可）。後來實在是憋不住氣了，妮兒才浮上水面來。吉亞飛了過來，看到出來換氣的妮兒，馬上劈頭便說：「你瘋了！跑到海裡去，被怪獸追上來的吧？」

妮兒看到怒氣沖沖的吉亞後，吸了一大口氣，又躲進海裡去了。

「嗨，吉亞，我在這兒哪！」不一會兒，妮兒站在遠處的岸上對著吉亞喊道。

吉亞看到已經上了岸的妮兒，更是氣憤，惡狠狠地說：「你看我怎麼跟菲其格說！」

妮兒一聽它要向菲其格告狀，馬上不再作怪了，因為她知道，菲其格一定會狠狠責備她的。

「那，你願意告狀你就告去吧，反正我明天會再來。」

吉亞無話可說了。它知道妮兒是很倔強的，就算是菲其格阻攔，她也會不顧一切地去。

當菲其格從妮兒的口中知道了那片海，也就證實了，達侖針餘下的能量會讓森林變成海洋的傳說是真實的，菲其格的擔心看來不是多餘的。

　　自從妮兒和吉亞發現了那片海，菲其格就開始動腦筋，想辦法怎樣才能在海裡找到達命針，阻止海猿讓陸地變成海洋的陰謀。海洋可不是陸地，陸地上再難也可以費時間去找，但在海裡要怎麼找呢？多麥家族只是人類和豹子，又不是魚類，這可難倒了菲其格。

　　其實，他錯了。他不該忘了吉亞，別看吉亞是隻鴿子，它一定會有辦法的。

　　不過，菲其格做事最大的特點就是講求民主，他很快想到了應該和大家一起商量，結果大家發言自然非常熱烈。對於擔心海裡怪獸的問題，妮兒說自己已經到海裡去過了，根本就沒有怪獸，大家聽說妮兒已經下過海，都為她捏把冷汗，但這也提醒了菲其格，冒險應該大家一起去冒險。大家議論紛紛，一直沒有結果，無意中菲其格看了吉亞一眼，只見吉亞站在妮兒身後的一塊石頭上，眼睛發著亮亮的光，悠閒地梳理著羽毛，一副事不關己的樣子。菲其格立刻感到應該徵求一下吉亞的意見，事情的確出人意料，吉亞的辦法一說出口，大家全都瞪大了眼睛，張大了嘴巴，一句話也說不出來了。吉亞因此贏得了大家欽佩的目光。這讓吉亞感到了從未有過的自豪和光榮！妮兒也趁機向大家公開了吉亞的特殊來歷。

第二天一大早，多麥家族就舉行了出發儀式，西典扛著火樹，一起向耶諾海前進。

　　到了海邊，在大家熱烈的掌聲中，吉亞先把妮兒變成了一頭鯨，又把自己變成了一隻鴨子，一起游進了海裡。

　　「哎，吉亞，你把我變成什麼了？」

　　「不知道，一會兒到海底你就知道了。」

　　「也好，我們開始潛水吧！」

　　妮兒帶吉亞向海底潛去。

　　妮兒清楚地看見（儘管海底很暗），一些朝她迎面游來的魚看到她馬上就跑了，就連一些海裡植物也不例外。

　　「哎，它們為什麼看見我就跑啊？」妮兒對吉亞說。

　　「因為它們怕你啊！」吉亞回答。

　　「為什麼？」妮兒不解地問。

　　「哎，那還用問，我把你變成了一頭小型的鯨了。」吉亞若無其事地說。　妮兒聽了差點氣得暈倒。

　　「你……你……你把我變什麼！」妮兒氣憤地說。

　　「我說你這人怎麼這樣啊！在海底你要是個小魚小蝦，不被別人吃了才怪！你不謝謝我就算了，還冤枉我。我看，該把你變成螃蟹才對。」吉亞說。

　　「那你怎麼不早說呀，算了，反正已經變了。」妮兒說。

　　前面有一艘像是超大的海盜船，可惜已經看不清模樣了。以前，妮兒經常聽菲其格說海盜船的故事，一些海盜專門在海洋上搶劫別的船隻（當然，那是在很早很早以前），也許遇到風暴的襲擊，或者是鯊魚群的圍攻，他們的船沉了。船上的金銀珠寶也被一起淹沒。正是應了中國那句老話：惡有惡報。從此，就不停有冒險者到海盜船裡來尋寶，可惜，寶沒找到，人卻沒了，不是因為船怎麼樣，而是因為這裡畢竟不是人待的地方。由於種種原因，他們都在尋寶途中死掉了。所以說，傳說中的海盜船一直都是一個謎，而這個謎在各個海洋裡都有，關於它的傳說也是神秘又荒唐。妮兒的腦子裡浮想聯翩。

　　「吉亞，我們還是離那條船遠一點吧。」出於人類天生的第六感，妮兒這樣建議。可是她忘了，她現在是頭鯨。

　　「為什麼？」吉亞問。

　　「聽說那裡面有的是寶物，還……還鬧鬼呢！哎呀，讓你走你就走唄，看這個幹嘛，又浪費時間。」妮兒有些害怕地說。

　　「怎麼了，怕了？不怕的話，就進來試試！」說著，吉亞已經進去了。

　　妮兒看著這高大的船隻，像一棵參天大樹那麼高（也許

有些誇張），屋子又那麼多，還閃著綠光……她越看越怕，但是沒辦法，吉亞已經進去了，她也只好硬著頭皮游了進去。

「吉亞，吉亞！不要鬧了，快出來。」妮兒喊道。她都快僵在那裡了。

「吉亞！不要鬧了。」妮兒提高嗓門喊道。

「哎呀！」吉亞正趴在一個杆子上，樣子很像在爬樹。

「怎麼了？」妮兒問吉亞。

「你看。」吉亞說。

妮兒順著看去，一副人的骨骸就在地上。

「那怎麼了，你害怕了？那只是人的骨頭而已。」妮兒輕描淡寫地說，但她還是很害怕的，只不過看慣了坦塞他們啃骨頭，才稍微鎮定一點，但是，人的骨頭，她還從來沒看見過。

「還說我害怕呢，也不知道誰逞強。」妮兒說。

「那你……不怕的話，快，快把它拿走！」吉亞顫抖抖地說。

「啊？拿走？」妮兒不免有些怕了。

「你……你有……有本事下來啊！」妮兒說。

「算我求你了，快拿走吧！」吉亞說道，它已經快沒力氣再抓住那個杆子了，眼看就要掉下來了。

「有本事你自己拿，我走了。」說著，妮兒趕快離開這間

屋子。

「呀！」聽到一聲慘叫，妮兒又衝進屋子裡，看見吉亞正好躺在那堆骨頭裡，它掉下來了。

「哎喲，怎麼這麼疼啊，還這麼扎人。」吉亞自言自語道。

「因為你正躺在那些垮掉的骨頭上面了嘛。」妮兒說。

吉亞馬上倏地跳了起來，看著身後，果真是一副人的骨骸。不過，它並沒有大叫，而是把眼光轉向了妮兒，妮兒一看情況不妙，趕緊跑了出來。

「站住！別跑！你太不夠意思了！」吉亞在後面窮追不捨，出了船，他們還在追著，連一些魚都覺得奇怪了，一頭鯨怎麼會被鴨子追呢。

終於，吉亞追累了，這場追逐戰才算偃旗息鼓。

「我說吉亞，你何必呢！嚇著了不是？」

「哼，你這麼不夠意思，我看你剛才也是害怕了。」

「我……沒有害怕。」

「還沒有……不過，我倒是想起了一件事。」

「什麼事？你快說啊！」妮兒問。

「我是說，海猿會不會就住在這些沉沒在海底的海盜船裡呢？據說，它們能在海裡進化成人類。你說，在剛才的海盜船

裡，會不會有⋯⋯」吉亞神秘地說。

「我們再進去看看。」妮兒好奇地說道。

「不過，你可不能再動不動就大叫，這樣也許會驚動海猿的。」妮兒對吉亞要求道。

「沒問題。」吉亞說。

於是，他們從原路返回，心裡有說不出的興奮和緊張。回到海盜船，它顯得更加神秘莫測了。

「好了，準備得差不多了吧！那我們就進去。」吉亞說。

妮兒早就耐不住了，她還沒等吉亞說完就先進去了。

「哎！等等！」吉亞緊追妮兒。

第二次進去，他們這才有心情觀察這條海盜船。海盜船有上中下三層，由於時間的流逝和海水的侵蝕，已經破爛不堪了。吉亞和妮兒小心地四處張望，希望能夠找到海猿─那種能在海裡進化成人的動物。不過這種想法太幼稚，哪會這麼容易就找到啊！真是⋯⋯

這條破船已經成了各種生物的家，有水母、蟹，還有各種蝦類、魚類。

「太壯觀了，不是嗎？」吉亞讚歎道。

「是啊！不過再壯觀，又不是海猿。」妮兒說。

吉亞有些掃興，但它不會錯過這千載難逢的觀賞奇異生

物的大好時機。再說，以後能不能有機會再來，還不一定呢。

「吉亞，要小心喲，不要讓它們把你當烤鴨吃了。」妮兒提醒道。

「噢，謝謝！我會注意的。」吉亞說。要不是妮兒提醒，他還真忘了自己是隻鴨子。「不過，有你在旁邊，我還用怕嗎？嘿嘿嘿。」吉亞又回過頭來說。

「一樓沒有什麼線索，到第二層看看。」妮兒說道。

於是，他們順著那快要腐爛的樓梯游到了第二層。在第二層，景色就更不一般了，就說寄居在這裡的海中生物吧，就比第一層的兇猛地多。不過，妮兒來了，它們也都跑了。

吉亞低頭一看，不禁又喊了起來：「妮兒！你快看啊！」

「都告訴你了，不要喊，你還喊，不想活了。」妮兒一邊說著吉亞，一邊低頭一看，哇！各色各樣的珍寶鋪了滿滿一地，大得像拳頭一樣的珍珠、金條、金磚、金幣、鑽石瑪瑙、金銀首飾應有盡有。

「哎呀，我還以為什麼呢，不就是這些嗎？我都提醒你多少遍了，你只是隻鴿子，要這些東西有什麼用呢？」妮兒說道。

「誰說鴿子不可以見錢眼開呢！你呀，學著點吧，我還沒看見過哪個人不喜歡錢呢，你倒是個例外，我可告訴你，你不

撿啊，總有一天會後悔。」吉亞說。

「好好好，就算我以後後悔行了吧。那你說，這些東西往哪兒放？」妮兒問道。

吉亞頓時呆住了。是啊，自己現在是隻鴨子，又沒有手，怎麼拿回去呢？

「所以說嘛，還是找海猿要緊。」妮兒接著說。

可是吉亞還是不肯走，對那些財寶依依不捨。

情急之下，妮兒大喊：「吉亞，你後面有骷髏頭！」

果然不出妮兒所料，吉亞以閃電般的速度跳了起來，並喊道：「在哪兒？在哪兒？」

「快走吧，這兒到處都是。」妮兒說。

吉亞只好走了出來。

「嘿嘿嘿」妮兒在心裡笑著，沒想到，吉亞這麼容易上當。

穿過第二層他們到了第三層，這第三層，差點把他們嚇壞了，幾乎所有食肉的海獸都在這裡了。此時的吉亞已經癱在了那裡，它真後悔當初為什麼要變成鴨子，變成藍鯨多好。可是，現在後悔也來不及了。

很顯然，海獸看見新來的妮兒都讓她三分，絲毫沒有攻擊的意思，不過，對於她身旁的那隻鴨子，它們可是垂涎三尺

啊，但是看在妮兒的面子上，也沒去動吉亞。

「我看，我們還是快點離開這兒吧！」妮兒說道。

「好，可是，我已經……已經走不動了啊。」吉亞說。

「看把你嚇成什麼樣了，叫你先走就先走，你要不走，我可走了。」妮兒說道。

吉亞看她不像是在開玩笑，就趕緊用他那兩隻鴨掌划水，但動作還是有些僵硬。妮兒實在看不慣了，用她現有的那條大尾巴把它甩了出去。

「哎喲！」吉亞重重地摔到了甲板上。

妮兒看見他那個樣子，忍不住笑著說：「你要不趕緊走啊，就得被海水給淹死。」

「你沒看出來它們都挺怕你啊！也不知道誰當初還怨我把她變成了一頭鯨，結果怎麼樣，揀到便宜了吧！早知道，就把你變成一隻鵝。」吉亞抱怨地說道。

「摔一下能怎麼，好了好了，快走吧。」妮兒說。

「哎！別動，妮兒，你看後面。」吉亞驚訝地說。

妮兒轉過去一看，原來海獸聚集的地方，一隻海獸都沒有了。

「這是怎麼回事啊？」妮兒不可置信地說道。

「你問我我問誰啊。」吉亞說。

「不行，進去看看。」妮兒說道。

「哎，不行！萬一它們躲在什麼地方準備偷襲我們怎麼辦啊。」吉亞擔心地說。

「那不是有我嘛，別老這麼囉唆行不行？」說著，妮兒已經游了進去。 回到原先的地方，果真連一隻海獸都沒有了，它們好像在瞬間消失了。可是，就憑剛才說話那點兒工夫，它們也跑不到哪兒去啊！

還是吉亞眼尖，他馬上就看出了端倪：在一個寶箱上，有一個小小的不起眼的按鈕。

「妮兒，快來看看，這是什麼？」吉亞說道。

「什麼嘛，箱子而已。」妮兒回答。

「你仔細看，哎呀，這麼笨！沒看見上面有個按鈕啊。」吉亞提示道。

妮兒定睛一看，還真有一個小按鈕，還好，妮兒已經有了水中生物的視力。

「按一下，吉亞。」妮兒說道。

「噢，好。」說著，吉亞便按了一下，這一按，他們腳底下出現了一個大洞，他們還沒反應過來就被吸進去了。幸好，洞不算太深，下面的土也是軟的。

「我說妮兒，怎麼突然就摔了個跟頭啊？」吉亞問道。

「我還摔了呢！不過，摔了也好，你沒發現啊，這是一個陷阱，說不定這兒就是海猿的家呢。」妮兒判斷說。

吉亞往後一看，差點沒暈倒（他老是這麼害怕），這哪兒是一個什麼小小的陷阱啊，簡直是一條海底隧道嘛！又窄又長，還彎彎曲曲。

妮兒也有些吃驚。不過，通過這條隧道，也許還可以找到海猿呢，她又不免有些興奮。

「我看，我們還是上去吧，好不好？」吉亞懇求道。

「隨你便。不過，我是要留在這兒的。」妮兒堅決地說。

吉亞早就知道會是這樣的結果，所以也就不再懇求了。「那，你走前面。」吉亞說道。

於是，他們一前一後，向隧道游去。值得高興的是，一路上並沒有什麼阻礙，可就是這路太長了，好像永遠也走不到盡頭。

「我說妮兒，什麼時候能到啊？」吉亞不耐煩地說。

「既然都走到這兒了，還有什麼好說的，你怕，你還能回去啊？」妮兒說道。

他們又走了一會兒，終於走到了盡頭。在他們眼前，是一片長滿海藻的地方。

「這是哪兒啊？」儘管妮兒不知道，吉亞還是喜歡這麼問

一下。

「是啊，這是哪兒啊？」妮兒也好奇地說道。

「泰戈，去看看誰在那裡說話。」一個聲音說道。這聲音聽起來很僵硬的，像是一個舌頭打結的人說的話。

話剛說完，吉亞和妮兒的面前就出現了一個怪物─體型比猴子大，感覺像是一個長著猴臉，渾身長毛的人，能夠直立行走。更不可思議的是，它還有像魚一樣的鰭，不過像是要退化掉了一樣。

妮兒曾經聽菲其格說過，猿就是和人差不多的猴子。莫非真的看到了海猿？妮兒高興得不敢再繼續想下去了。

「噢，只是又掉下來兩個東西而已。」

「什麼東西的？」

「一頭小虎鯨，一隻鴨子。」

「噢？還有一頭小虎鯨嗎？太好了，好多年都沒看見了，一定要好好看管。至於那隻鴨子，太小，不要不要，讓他回去吧！」

吉亞聽到這些話，心想八成是要把妮兒關到什麼地方，也許像飼養牲畜一樣。不過值得慶幸的一點是，好險自己沒有一起被關起來。他看看妮兒，妮兒一副很複雜的表情。

「沒關係，妮兒，你不是想見到海猿嗎？這回正好有機會

了。我在外面也好，如果你不想待在這裡了，或者有什麼別的要求，你只要努力想著它，我就知道了。」吉亞對妮兒說道。是的，妮兒心裡想什麼，吉亞是能聽見的。

「嗯。」妮兒回答。

一群怪物過來把吉亞趕了出去，留下了妮兒。

「去，把他單獨關到另一個屋子裡去，別和其他的關在一起。知道嗎？」顯然怪物把妮兒當成了一頭真的小虎鯨。

「是。」

妮兒被那個叫泰戈的趕著來到了一間大屋子裡，看樣子，非得在這裡關幾天不可了。妮兒已經斷定這些怪物肯定就是海猿了。

妮兒努力地想著，恨不得把屋子撞壞，還好，不一會兒吉亞就出現了。

「你可終於來了，快想想辦法，趕緊把我救出去啊。」妮兒說道。

「我就是把你放出去，它們也會把你抓回來啊。」吉亞說。

「那……怎麼辦啊？」妮兒焦急地問。

「再不然，就把你隱形了，這樣，你想幹什麼都行。」吉亞說。

「好啊，好啊，那你快一點吧。」妮兒高興地說。

妮兒還是頭一次隱形呢，別人看不見自己，但自己卻能看見別人，真是太神奇，太有意思了。

「隱形啊，還有另一種好處，就是可以隨便進出各種地方。比如，這間屋子，你可以不用開鎖就出去，牆你不用翻就能走出去，甚至你在別人不注意的時候打他一下，他都看不見。」吉亞囑咐道。

「趁它們還沒進來，你趕快出去找達侖針吧。」吉亞把妮兒隱形後說。

「那你也跟我一起走啊！」妮兒問道。

「不行，我變成你的模樣留在這兒，它們就不會起疑心了。反正它們暫時也不會對我怎樣。」

「嗯，那我先走了。」妮兒說。

妮兒大搖大擺地走出屋門，還向守門的兩隻小海猿做了個鬼臉，然後，妮兒憑著記憶找到了那塊長滿海藻的地方，那隻下令把她關起來的老海猿奧卡森朗就在那兒，旁邊站著它的副手泰戈。它們好像在商討什麼事情。妮兒索性過去湊湊熱鬧。她站在海猿王旁邊，這樣才聽得清楚。

只聽它們說：「我想你知道這件事情的嚴重性，泰戈。」

「偉大的奧卡森朗，達侖針已鎖進能量盒子裡了，絕對萬

無一失。」

「那就好，那就好啊。要知道當初，我們費了多大勁才把現在這個地方建得和金字塔一樣，又是費了多大勁才使這地方透過深深的海水也能吸收到宇宙的力量，又是費了多大勁製作機關，又是費了多大勁捕獲、畜養了這些動物啊。我們不就是為了等哪天得到達侖針後把所有的森林、陸地都變成海洋，擴大我們的地盤嗎？這一天終於來了！我們就要統治地球了！所以，我們必須馬上準備行動。」奧卡森朗又激動又感慨地說。

妮兒真是太吃驚了，達侖針果然沒有被全部消滅，果真跑到海猿手裡來了。菲其格說的一點沒錯，它們真的是要利用達侖針來毀掉森林和陸地，這些海猿的野心也太大了，絕不能讓它們的陰謀得逞。我必須找到達侖針。妮兒提醒自己要慎重處事。

「不過，我還是認為把森林、陸地全變成海洋有些不妥。」泰戈說道。

「有什麼不妥，難道讓陸地重新消失，讓地球變成真正的水球，由我們海猿統治整個地球不好嗎？」

「遲早有一天我們會進化為人類，然而人類是離不開森林，離不開陸地的。」

「你別囉唆了，你現在是人類嗎？你很願意變成人類是不

是？也許你應該問問別人，一個海猿永久待在海裡是可以不進化成人的。人類，多噁心啊！細菌爬滿全身，就連吃飯的樣子都讓我看不下去。」

妮兒第一次聽見有動物瞧不起人類，覺得很好笑。

「可是，我們的背鰭、胸鰭、腹鰭馬上就要退化了啊。」

「那沒關係，不是還有呼吸器官沒有進化嗎，總之一句話，你既然還是海猿，就要為海猿們做貢獻，並且要聽我的吩咐，懂嗎？」

這一番話聽得妮兒心裡直發毛。她不敢再往下想了，不過，她現在唯一的目標就是要找到達命針。泰戈不也是不贊同這麼做的嘛，是不是應該讓泰戈出來幫助自己，立即阻止這場陰謀。

不管怎麼說，妮兒還是要趕快請吉亞幫忙。

「你總算回來了。」待在籠子裡的吉亞說。

「真是辛苦你了，謝謝。我們改天再說，剛才聽海猿王的一番話，真是太可怕了。」妮兒說。

「什麼話，難道它真要把你吃了？」吉亞問。

「不是不是，你知道不知道，它們準備馬上就把陸地全部變成海洋了！」妮兒緊張地說道。

「那……那你打算怎麼辦？」吉亞問。

「我聽海猿王和它的下屬泰戈談到這件事兒的時候，泰戈好像不大贊成它這麼做。或者，我們可以從泰戈那裡知道些什麼。」

「這簡單。」說著，因為吉亞已經變成了和妮兒一樣的小虎鯨，這就省得麻煩了，然後用很大力氣撞壞了關著他們的屋門，門口的兩個守門的海猿嚇壞了，這正中了吉亞的圈套。吉亞趁熱打鐵，咬傷了其中一個海猿，疼得它亂叫，另一個海猿聽說要去找泰戈，嚇得急忙說：「我去找，我去找。」就這樣，計畫順利完成。 妮兒簡直看呆了，吉亞什麼時候變成這樣了？竟然敢撞門、咬海猿？什麼時候想出了這個好辦法？

「好了，怎麼樣？是不是讓你大吃一驚？」吉亞驕傲地問。

「做得好，吉亞，我真佩服你。」妮兒說。

「好啦，誇我的話以後再說，準備好，一會兒泰戈就要來了，我們可要好好讓它睡一覺，告訴你啊，我把它催眠之後，你就問它這三個問題：一、達命針在哪兒；二、怎麼破壞它的能量（吉亞擔心用老辦法在海底消滅不了達命針）；三、有沒有捷徑可以通往海面。」吉亞像老師一樣叮嚀妮兒。

「知道了，這還用說嗎？」妮兒興奮地說道。

「怎麼了，你連話都說不清楚。」是泰戈，它總算來了。

「泰戈嗎？哎喲，這隻虎鯨逃了出來，還咬了我。」一隻看門海猿向泰戈訴苦說。

「什麼？」泰戈好像不信，不過，只要有點兒頭腦，都得信。

「拿魚叉來。」泰戈吩咐道。

天啊，吉亞要挨魚叉。不過還好，就在0.0001秒的時間裡，全體海猿當場倒下了，因為，吉亞使用了催眠術。

「泰戈，問你的話要如實說。快告訴我們，達侖針在哪裡？」妮兒問。

「就在奧卡森朗的王座底下。」泰戈老實地說。

「那麼，怎麼才能破壞它的能量呢？」妮兒又問。

「把它深埋在海底，只要能把採集到的月光放在海底埋藏它的地方（也就是說讓月光照到它），它就會隨這片海一起消失。」

「好了，泰戈，最後一個問題，這兒有沒有捷徑通往海面？」妮兒再次問泰戈。

「沒有。這兒就一條路。」泰戈說。

「快走吧，妮兒，再晚了就來不及了。」吉亞催促妮兒。這時，他也已經把自己隱形了。

他們又來到那片長滿海藻的大廳，奧卡森朗還一動不動地坐在它那張椅子上。

「我想，妮兒，我們還是應該再催眠一下這個野心不淺的老傢伙。」吉亞說。

可以想像得出，鴿子是多痛恨要毀滅森林的人。

「好吧。」妮兒說。

眨眼的工夫，海猿王倒下去了。

「好！動手！」吉亞此刻充滿了力量。

他們來到椅子下，一切都很正常，並沒有什麼特別之處。

「我看，這一定也像海盜船一樣，有個按鈕。」吉亞分析道。

妮兒聽了，恍然大悟。她心想，這麼重要的按鈕一定不在這個椅子上，可為什麼奧卡森朗總是坐在椅子上面呢？

想到了這一點，妮兒就在奧卡森朗的身上找了起來。

「你在找什麼呢？」吉亞不解地問道。

「開關啊！」妮兒回答。

這個按鈕還真不好找，它的毛實在太濃密了。不過，妮兒眼尖，她仔細地查看它的頸部，發現了一小圈白色的毛，在這圈白毛下，掛著一顆水晶球。妮兒一下子就把那顆水晶球取

了下來，把它放在椅子底下。果然，那塊地裂開了。

「你真了不起！妮兒。」吉亞讚歎道。說著，它便伸手往裡面尋找。

「不行，等一下，萬一有危險呢！」妮兒謹慎地說。

「那怎麼辦？」吉亞問。

「用什麼東西先試一下吧。」妮兒用嘴拔下幾根海藻扔到裂縫裡，沒什麼反應。

「我想應該可以了吧！」吉亞說道。

「不行啊，現在我們是鯨，怎麼才能拿出來啊，你還是把我變成人吧，最好把我變成不需要呼吸的人。」妮兒說道。

「沒問題。」吉亞說。轉眼間，妮兒又成了隱形人。

「快把達侖針拿出來吧！」吉亞說。

妮兒費了很長時間才把一個盒子拿出來，因為它實在是太沉了。透過透明的盒子他們果真看見了一小根竹筍樣的達侖針在裡面。

他們趁海猿們沒醒，抱起盒子跑到了另一片很難讓別人找到的深海海底，以最快的速度把它埋了進去，然後才慢慢向海面游去。

「我總覺得這麼做不好，我親手把這片海給毀了！」妮兒內疚地說。

「你不用自責，地球上的海洋啊，不差這麼一片，再說住在裡面的海猿可是要毀掉森林啊！森林代表什麼？它代表地球啊！你這是為地球做了一件大好事，怎麼能內疚呢！何況這片海本來就是森林變成的。我現在啊，擔心的不是這個問題，而是它們醒來之後會不會找到達俞針。」吉亞憂心忡忡地說。

妮兒邊游邊對身旁的吉亞說：「埋得那麼隱秘，它們就算挖遍整個海底，找到的機率也夠小的。何況現在又是傍晚了呢！」

「我們今天真是做了好多事呢！哎，今晚不會沒月亮吧！」吉亞說。

「不會的，而且我還知道今晚的月亮又圓又大，月光十分充足。」妮兒說。 他們從海底一浮上海面，吉亞就把自己和妮兒變了回來。

當他們游上岸來的時候，一直待在岸上的西典和菲其格他們一下子就把妮兒和吉亞圍了起來。當妮兒向他們說明了情況後，大家便一起翹首等待月亮的出現。果然不一會兒，明晃晃的月亮升上了天空。

「快看，一束月光照進海底了！」吉亞興奮地叫了起來。

大家急忙向海裡望去，太神奇了，一束月光真的照進了海底。

海水慢慢地沸騰起來，很快大海裡的水就消失了，並重新長出了一大片森林。

　　多麥家族還從沒這麼開心過，他們立刻就地舉行了篝火晚會，不過，這次從火樹上取下火種的不是別人，是大家一致誇獎的吉亞。

10

康諾、耶托

　　妮兒興奮地回想在耶諾海裡的情景，還有後來海水被月光蒸發變成森林的情景。妮兒在夢中不只一次地笑出了聲。

　　太陽又準時出來工作了。睡了一覺，妮兒感覺輕鬆多了。可是，吉亞一大早就不知到哪兒去了。

　　「吉亞……吉亞……」妮兒喊了一大圈，也不見他的蹤影。

　　「菲其格，有沒有看到吉亞啊？」妮兒問。

　　「沒有啊，怎麼了？」

　　「他一大早就不見了。」

　　「那你到樹林裡去找一找吧，或許，他在那兒找吃的呢！」

「那好吧！」說著，妮兒便跑到了森林深處。

「吉……亞！吉……亞！」妮兒喊著。

「我在這兒！」吉亞飛到了妮兒身邊。

「你這大清早的跑哪兒去了？」妮兒忍不住地問道。

「我去海邊了！真是奇怪，那片海不是變成森林了嗎，卻還留下了這個東西。」吉亞高興地說。

「什麼東西啊？」

「就是這個。」說著，吉亞從背後的羽毛裡（吉亞背後的羽毛很長又很濃，所以，它總是喜歡把好東西藏在那裡）拿出了兩個漂亮的圓環。

妮兒看這兩個小圓環有點眼熟，它是幹什麼用的呢？噢，對了，她以前聽菲其格說過，這個東西叫「手鐲」，是戴在手上，用來裝飾自己的。

「多漂亮的手鐲啊！」妮兒讚歎道。可不是嗎，它是一對的，每一個上面都鑲有一顆大珍珠，想必這一定很珍貴。

「吉亞，這真的是那片海剩下的嗎？」

「要不然我去哪兒變出這個東西。」

「那為什麼會留下這對手鐲呢？」

「你老是問些怪問題，你問我，我問誰？」

「別生氣了，吉亞，你發現了一個重要線索，走，回去吃

飯去。」

「這還差不多，不過……」

「不過什麼？難道，你不想吃了？那正好，我叫菲其格把你那份給我。」（吉亞自由後就不再吃土了）

「我不是那意思，我是說，我已經飛不動了。」

「飛不動了？」

「對啊！」

「那好吧，看在你功勞的份上，我帶你一程吧！」

「嗯，真香！」妮兒已經聞到了烤肉的味道。

「是啊，不過，我已經餓昏頭了。」

說著說著他們就回到了住地，直接奔向烤肉場。

草草地吃了幾口飯，妮兒便跑到小河邊去了。她已經好長時間沒去那兒了，為了避開吉亞，她還不得不煞費苦心地說服了西典陪他玩。

妮兒拿出那一對手鐲，它們真的很神秘，這是那片大海留給我們的什麼呢？會是禮物嗎？總不會又是達侖針吧！

大家都知道，妮兒是個好奇心特別強的人，不論遇到什麼神秘的事，不論付出什麼樣的代價，她都要追根究底。她拿出手鐲，在後悔之前戴上了。但是，妮兒馬上想到的就是，能

不能拔下來，於是，她又把手鐲拿了下來，確定沒有危險後，才放心地戴上了。她戴上不久之後，她就發現，那上面鑲著的兩顆珍珠好像能用手往下壓，彷彿是個按鈕。還好這次，妮兒先考慮了一下，她不知道這個鈕鈕似的珍珠會給她帶來什麼後果，所以先不去動。

再說西典這邊，玩得可熱鬧了，他們一會兒爬樹，一會兒玩火樹。妮兒對手鐲總是感覺不踏實，應該去問問菲其格。如果是一對好手鐲，妮兒就打算送給西典一隻。

「不行不行！」妮兒在心裡提醒著自己，要是讓菲其格知道，他肯定會問自己怎麼得來的，不過，只有他會知道這對手鐲的來歷。在這個家族中，誰不知道菲其格博學多聞，他對這對手鐲一定很瞭解。於是她馬上跑回來找菲其格。菲其格還在收拾那堆吃剩下的骨頭，今天輪到他收拾了。見到妮兒這麼慌慌張張地跑來，就問：「你來幹什麼，沒看見我正在做事嗎，每次你都來給我添麻煩！」是的，在這裡面還有一段小小的插曲，那就是每次輪到菲其格做事的時候，妮兒都會誤打誤撞地破壞他的工作，老是害他不得不重新開始。

「我呀，是來幫你的，你休息一下吧，剩下的工作我來做。」妮兒找藉口。

「哦，我可用不著你。」

「你就當今天輪到我收拾不就得了！」

「我看還是算了吧，我一個人收拾又不累，你今天幹嘛這麼勤快？」

「既然你不累，我想問你一件事。」

「好，你想問什麼？」

「嗯……是這樣的，你說海裡會有手鐲嗎？」 說話的時候，妮兒已經把手上的手鐲藏了起來。沒想到的是，「高手」竟然搖頭，原來菲其格也有不知道的事情啊！這讓妮兒感到很新鮮。

妮兒不想隱瞞什麼，她覺得有了秘密第一個就應該告訴菲其格。於是，妮兒把手鐲的事一五一十地全都告訴了他。菲其格從驚訝中很快鎮靜下來。他根本沒想到耶諾海都消失了，還會有節外生枝的事情。但憑直覺，菲其格覺得這手鐲還是達侖針餘下的能量，雖然他也祈求它們能是一對平常的手鐲。小心謹慎的菲其格陷入了沉思。

這次，妮兒徹底失去了唯一一條線索。她早就幻想著菲其格會告訴她一個神秘的故事，幻想著這對手鐲的用途，是好是壞。原先她一直以為菲其格什麼都知道，那麼一定會告訴她，可是，妮兒失望極了，她默默地走了出來，腦袋裡胡思亂想著。

不管是怎麼回事，妮兒還是想先玩一會兒。當她找到西典和吉亞時，他們正在火樹上面爬上爬下，火樹紅紅的顏色映著他們，本來潔白的吉亞都變成紅色的吉亞了。妮兒看著他們，都有點看呆了。這時西典發現了妮兒，便邀妮兒一起玩兒。妮兒看見漂亮的西典，想送給她一隻手鐲，但是，西典聽了手鐲的來歷後，就不敢要了。這更增添了妮兒的好奇心，看著火樹上的吉亞，妮兒想到自己真是太笨了，快要笨死了。火樹就在眼前啊，怎麼把這事給忘記了呢！妮兒背著西典急忙來到火樹上，這次妮兒雖然沒看見什麼，卻聽見從吉亞口中傳出一種怪怪的聲音：「妮兒，想想你也該遇到麻煩了，怎麼樣，有什麼事，你不妨直說，其實你不用說我也知道。你一定是碰到康諾和耶托了。」

　　妮兒在心裡琢磨著：「康諾和耶托是什麼？」

　　「你肯定又在想什麼是康諾和耶托了！告訴你吧，你左手上戴的那個手鐲叫做康諾，也就是白珍珠的那個，而右手上那個帶有粉珍珠的手鐲叫耶托，它們是一對姐妹鐲。它們是達俞針最後的一點點能量。」……又是達俞針。

　　「誰都知道你特別想知道這對手鐲的故事。至於它們的來歷，我想我也就不用說了，你應該都知道了。那麼消滅它的方法就是，首先，你看到左手上的康諾了吧，只要按下白珍珠，

你就會來到一片一望無際的南瓜世界，至於到那兒你要做什麼，現在不能告訴你。到那兒以後，你再看一下你的手心就知道了。懂嗎？」

妮兒不免又開始胡思亂想了：南瓜世界？手心？她管不了那麼多了，既然能消滅達侖針，妮兒就果斷地按下了左手手鐲上的白珍珠。

瞬間，她的眼前就出現了南瓜世界。所謂的南瓜世界，就是一片一望無際的南瓜地。妮兒向周圍望去，南瓜多得像海洋裡的海浪一樣，散發著濃濃的南瓜清香味。再看天上：一個南瓜太陽正在散發著光亮，周圍飄滿了南瓜雲彩，就連天空也泛著淡淡的黃色。

妮兒禁不住問道：「這是哪兒呀？」

驚訝的同時，她意外地看到南瓜地的那邊，下起了雨。那是一種多麼好玩的雨啊，天上的一朵南瓜雲飄到了另一朵南瓜雲旁邊，用力一撞，便打起了雷，緊接著，還有一朵南瓜雲飄過來，擋住了南瓜太陽，天就暗了下來。不過這種現象很快就停了下來，接下來發生了更不可思議的事，竟然下起了南瓜雪！妮兒看到地上的南瓜都像水一樣一下子被凍起來了，天上原來的那一朵朵南瓜雲也開始像花一樣一點點凋零，變成了雪花狀。南瓜雪黃黃的，還帶有淡淡的香味。南瓜雪落到地上就

應該融化吧，但它落到地上時卻又長出新的南瓜，這怎麼能不叫人覺得奇怪呢？

剛風平浪靜了一會兒，可怕的事情又來了。只見那個南瓜太陽突然像吃錯了藥似的照得那麼亮，照得人眼睛都睜不開。儘管如此，妮兒還是從手指縫裡看到地上又長出許多南瓜，而一些老的、熟透了的南瓜則像風一樣縮到土裡腐爛掉，變成肥料。妮兒的眼睛都快被她揉腫了。她覺得，在搞不清這些事之前，還是先看看手心比較好。手心滾動出幾行金字：「這裡是純正的南瓜世界，飄著濃郁的南瓜香，真是清爽宜人。這裡的一大特點就是四季分明，而且過得還很快。一天二十四小時，你就等於過了二十四年（當然是從季節的數量上來算，要是時間過二十四年，妮兒非逃跑不可）。現在這個啊，還是春天，剛才那個是夏天和冬天，你還差一個秋天沒有看到。先看完它再說。」

妮兒不得不停下來看秋景，因為手心的字已經消失了。

果然，夏天很快走了，秋天來了。一陣涼爽的風吹來，似乎把天空所有的雲都吹散了。此時，每朵南瓜雲上的葉子都開始枯萎了，等到乾巴巴的時候，就被風給吹下來。有的落葉還落到了妮兒的頭上，她不覺有些冷了。

不一會兒，地上就落滿了枯南瓜葉。

　　不規則的四季總算過去了。妮兒再次伸開手心：「這四個季節是不是很好玩啊？其實真正好玩的是晚上呢，不過你沒機會看了。你現在要做的就是在南瓜太陽下山之前，把康諾和耶托的能量釋放出來，讓南瓜太陽吸收，這樣，達侖針才算最終消滅。這個世界也就不會一會兒冬天一會兒夏天了。但是，這個能量也不是輕易就能放出來的，你必須爬到那座山的山頂，只有那兒才是離太陽最近的地方，它才能釋放能量。」

　　這兒哪有山啊？妮兒心想，她四下裡望去，呀！對面還真的有一座山，不算很高，但也不矮。這地方真怪，一座山也能說長就長出來。

　　妮兒走了好半天才走到山腳下，這兒的路看著近，其實遠著呢！她順著山望去，雖然鬱鬱蔥蔥，但也裸露著很多石頭懸崖，從山頂上還向下垂著無數藤條。妮兒咬咬牙，開始攀登第一道懸崖。她的臂力不錯，所以很輕鬆就攀了上去。可是，這只是開頭。妮兒此刻才感覺到手有點疼，一看，嚇了自己一跳，手心已經被割破了很多地方，正淌著血，原來是石頭周圍的荊棘扎傷了她。這一路都可能處處是荊棘啊，但是為了釋放手鐲的能量，她還是願意堅持下去。何況，她又是一個倔強的人，越是艱難的事情，她就越想試試。

　　在第二道懸崖絕壁上，妮兒縱身一躍，總算摳到了一根

藤條。她把藤條的一頭繫在腰上，繫緊後，便慢慢地、晃晃悠悠地向上爬去，除了有點嚇人，倒是比爬石頭簡單些。

好事總不能長久，妮兒眼看就要爬上去了，可是這根藤條裂開了一條縫！妮兒被這突然的情況嚇了一跳，還好及時發現，這要是普通人也許早被嚇得魂飛魄散了，不過妮兒還是一副鎮定自若的樣子。這點，不得不歸功於菲其格從小就訓練妮兒遇事要冷靜（這恐怕是豹子的本性），才會讓妮兒在今天有冷靜的心態去面對困難。

妮兒沒有什麼辦法，她被懸在了半空！往下看，似乎相當於好幾棵大樹那樣高的距離，摔下去肯定活不成。妮兒知道一旦害怕，自己非掉下去不可。謝天謝地，藤條斷裂的速度不是很快。妮兒決定用這個辦法試一試。她緊抓住藤條，小心翼翼地一點一點向左邊的大石頭移去。她想在它斷開之前抓住那塊石頭，也只有這石頭才是她唯一獲救的希望。

藤條在一點一點地發出「喀嚓喀嚓」斷裂的聲音，而現在妮兒離石頭也越來越近了⋯⋯

「喀嚓！」藤條斷了⋯⋯

妮兒抓住了石頭，身體全部懸在了半空中。只見妮兒用腳鉤住了旁邊的另一根藤條。這樣，總算可以給自己的手臂找到施力點。

　　她把藤條鉤到自己的旁邊，用一隻手抓住它。可以說，現在已經沒有多少危險了。

　　妮兒不知從哪兒獲得的力量，反倒提振了精神！真是太神奇了，不是嗎？噢，想起來了，這也是菲其格教她的，一個人在絕望、失去信心和力量的時候，只要不斷地替自己加油，說我可以，我可以，這樣就會把失去的力量再找回來。那時，妮兒還不信，哪裡有這麼簡單的事？可是菲其格卻說他沒撒謊。因為你沒有辦法找回力量，沒有辦法找回信心，但卻有辦法找回意志！一旦找回了最重要的意志，才能重新擁有信心和力量。因為你消耗的根本不是信心和體力，而是堅定的信念，只要找到了它，就能成為一個強者。

　　今天，妮兒終於明白信念是多麼重要了。

　　她牢牢抓住手中的藤條，嗖嗖嗖地往上爬，連眼睛都不眨一下。她真正體會到了什麼是力量。

　　這根藤條眼看也要撐不久了，妮兒敏捷地抓住身旁的石頭，即使石頭像刀一樣扎她的手，她也不敢放鬆一下。

　　要是從天上看，妮兒攀爬的樣子就好像森林裡的猴子，從這棵樹輕快地跳到那棵樹，穿越整個森林。妮兒也一樣，穿越著整個懸崖。

　　皇天不負苦心人，妮兒已經站在了山頂。

「成功了！成功了！成功啦！」妮兒為自己歡呼。

　是啊，不經歷風雨，哪能見到彩虹？山頂的風光真好，天的顏色變得多美麗啊！比圖畫還漂亮。

　妮兒並沒有注意到她已經被石頭擦得渾身青一塊紫一塊的，有的地方還流著血。妮兒陶醉於欣賞，差點忘了正事，她急忙把兩隻手鐲摘下來（真慶幸它們在爬山的時候竟然沒被碰壞）放在一塊大石頭上，很留戀地說：「康諾、耶托，要和你們說再見了，誰叫你們是達侖針儲存的能量呢？不管你們是大是小，對地球都是禍根，儘管你們有著美麗的南瓜世界，美麗的『春夏秋冬』，但你們卻是罪惡根源。對不起，我必須把你們的能量徹底釋放掉。好啦！這兒就是你們的家，沒有時間再說了，你們回家吧！」手鐲上的珍珠閃爍著彩色的亮光，好像它們能聽得懂妮兒的話似的。太陽發出一道強烈的光，如同一束雷射直接打在康諾、耶托上，沒等妮兒回過神來，兩道耀眼的強光就直衝上天，一道是白色的光，一道是粉色的光。再看地上，什麼都沒了。

　「終於可以安寧了。」妮兒欣慰地說。儘管兩道光很刺眼，但她還是能看見有兩顆珍珠飛到了天上，飛到了南瓜太陽的肚子裡。南瓜太陽卻更亮了（即使它要下山了）。

　聽說這裡的晚上很好玩，妮兒在心裡打著如意算盤，反

正現在回家已經晚了，還不如在這裡過夜。

妮兒躺下來，看著天邊的夕陽，天黃得更深了。天上的大南瓜離她更近了。似乎就要落到這座山後面。妮兒真想伸出手去摸摸它，但又怕燙著。

最後的一絲光也被這山吞沒了。美麗的夜晚來了，這是妮兒從小到大看見過的最有意思的一個晚上。天是黑黑的，白天的南瓜雲都變成了擁有一張張鬼臉的南瓜燈，即使裡面沒放蠟燭，也還是很亮。它們在夜空裡飄來飄去，變幻著各種鬼臉，有時還真把妮兒嚇一跳。

看著飄來飄去的南瓜燈和地上還在悄悄生長的南瓜，妮兒覺得再也沒有比這更愜意、更心曠神怡的事了。能徹底消滅達侖針已經是她的驕傲了……妮兒剛要閉上眼睛，卻感覺渾身都疼了起來，她這才意識到，原來自己已經是遍體鱗傷了。當妮兒醒來的時候，第一眼就看見西典正守在自己身邊。

「你醒了，別動，你受了好多傷。」西典心疼地說。

聽到妮兒醒來了，大家一起圍了上來。原來是吉亞把事情全都告訴了菲其格，菲其格派出坦塞和萊比亞一直在暗中保護著妮兒。受傷的妮兒就是坦塞和萊比亞背回來的，看著大家，妮兒感動得流出了眼淚。

11

阿策萊斯

　　妮兒雖然成了多麥家族真正的英雄，但渾身的疼痛卻沒人能代替，西典和珊蒂一直守護著她。妮兒手上、腿上、腳上的傷口還在不停地往外流著血。每次看到妮兒的血，珊蒂都會忍不住流出口水，坦塞、萊比亞也時常過來聞妮兒的血味。這一點被菲其格發現後，就不允許他們再靠近妮兒了。

　　「為什麼呀？為什麼我們都得離開？」坦塞沒好氣地問菲其格。

　　「叫你們離開就離開！這有什麼好說的，快點！」其實菲其格這麼說完全是為了妮兒好。他知道，妮兒畢竟是人，她現在正在流血，坦塞和萊比亞、珊蒂怎麼說都是豹子，他們習慣了葷腥，聞慣了血的味道，菲其格要他們離開是為了以防萬

一。　菲其格先大致檢查了一下妮兒的骨頭，還好，骨頭都沒受傷，可是皮肉傷得不輕啊。接著，菲其格讓西典用清水把妮兒的兩隻手洗了一遍，然後找來那兒到處都長著的一種消腫止痛的草幫她敷上。可最令菲其格束手無策的是，妮兒的小腿裡有塊淤血，已經快凝固了，如果不趕快放出來，她這一條腿都有可能廢了，但他還不敢去咬破妮兒的腿，他自己也是一隻豹子啊！

「怎麼辦怎麼辦？」菲其格問自己。

對了，其實菲其格完全找其他的東西嘛。就是拿根樹枝也可以呀，用樹枝多方便。這麼說可就太小看菲其格了，他是誰啊，他早就想到這個辦法了，他就是擔心樹枝不衛生、不乾淨，反倒使妮兒的腿遭受感染。可是情急之下也只能用這個辦法了。菲其格折下一根樹枝，用清水洗了又洗才下定決心，他不是做事拖拖拉拉的豹子，所以妮兒沒有感覺疼，淤血就已經被放出來了。菲其格真有本事！

三個星期過去了，妮兒終於又可以像以前一樣輕鬆自在了。

最近，多麥家族遇到了新的麻煩，有一個強大的豹子家族就要來侵佔多麥和附近其他幾個家族的領地了，其中也包括

凱門琳薩。菲其格一邊要求大家做好戰鬥準備，一邊琢磨議和的事。

　　西典一向不參與菲其格的事，可是她今天不得不說了：「你看這樣好不好，菲其格，我們和住在這裡的其他家族聯合起來，一起驅趕外來家族怎麼樣？」

　　「你是說……聯合？」菲其格問。

　　「對啊。」

　　「可他們要是不同意怎麼辦呢？」

　　「我想他們應該不會不同意的，都是為了自己的家族嘛。」西典說。

　　「對啊對啊，西典說得對，這個辦法太好了。」妮兒絕對贊成地說。

　　「讓我想想。」菲其格有點不知所措。

　　「不能再想了，已經沒有時間了，要馬上行動才行。」

　　「那……我們就賭一次。」

　　菲其格把各自工作分配好，大家就去找其他家族聯絡去了。妮兒他們也沒閒著，也出動了。看來是非要趕走入侵者不可了。

　　大約過了兩、三個小時，菲其格就已經聯絡好了好幾個家族。其實，他也不想低聲下氣地去跟人談聯合的事情，可

是，多年來，菲其格為了保護住這個僅有六個成員的家族，付出多大的辛勞，每天都過著提心吊膽的日子。這次，終於證實了他多年來的那種擔心並不是多餘的，為了保住領地，要他做什麼都行啊。

「怎麼樣怎麼樣？你們那邊……」菲其格焦急地問坦塞。

「你就放心吧，有我坦塞出面，誰敢說『不』字！」

菲其格又看了看萊比亞：「那麼你呢？」

萊比亞回答：「菲其格，你見過我有辦不成的事嗎？」她這樣說是證明自己的能力。

那天終於來了，菲其格老早就帶著多麥家族站在山頂上向遠處張望著，可以看得出，其他家族都緊張極了，大家明明知道自己鬥不過別人，但還是得硬拼。

中午後，入侵的豹子出現了。這裡的每一個家族（也包括凱門琳薩）都整整齊齊地站在那裡，聯合軍列好了戰鬥隊形，準備迎接一場殘酷的戰鬥。

不過，菲其格大老遠看見的根本不是一支龐大的豹群，而是一支跌跌撞撞的隊伍，他們看起來像是經歷了很多磨難似的，有一些豹子甚至走著走著就倒下去了，這到底是怎麼回事？

妮兒第一個感到事情有些不妙，直覺告訴她，這些豹子一定遇到了什麼麻煩。

　　「菲其格，我覺得這裡有問題。」妮兒提醒道。

　　「有什麼問題？」菲其格問。

　　「你沒看見他們一路來倒下了好幾隻豹子嗎？」妮兒說。

　　「那又怎麼樣，說不定他們假裝成這樣，故意迷惑我們，想讓我們放鬆警戒。」菲其格的話讓妮兒覺得很有道理，說明自己考慮分析問題還不周到。

　　那邊的豹群越來越近了，隊伍鬆鬆垮垮，毫無士氣可言。就像一群剛打了敗仗的殘兵敗將。看到這情形，不知誰問了一句：「他們是來搶地盤的嗎？」

　　菲其格看了看大家說：「靜觀其變吧！」

　　那邊隊伍也許看見了這邊的豹群，為了避免衝突，他們便派了一隻豹子過來，看起來算是他們家族裡現在力氣最大的豹子了。

　　「你們在這裡等了很久了吧？不用擔心，我們不是和你們搶地盤的。」

　　「那你們來幹什麼？」

　　「我們是來請求幫助的。我們遇到了麻煩。」

　　「麻煩？」

「是的。我是聖安魯家族首領彼其孟多的助手，我們生活在離你們這個地方很遠的英倫塔，那是個偏僻的地方，本來我們過著衣食無憂、沒有天敵的安逸日子，可是，上天好像漸漸忽略了我們，一種有毒的野草不知從哪裡迅速蔓延到我們居住的地方，它們的生命力極強，就連樹林也能成為它們生長的好地方！起初，我們沒有在意，也沒去管它會不會給我們的捕食帶來困難，不過，出乎大家意料之外的是，那種草散發著很濃的草香，引來了周邊的鹿群，他們禁不住這草的誘惑。但誰會想到，這些草有劇毒，會把那麼大的一頭公鹿毒死。鹿群們剛吃完草時還沒有什麼反應，但是不到半天，就突然倒下，而吃了那些死鹿肉的同伴也都是難逃一死。我們嚇壞了，卻又不知道該怎麼辦才好。就在大家猶豫不決的時候，又有一些同伴倒下了，他們並沒有吃死鹿肉，卻也死了，這更給我們帶來莫大的震撼。就在大家下決心要來找你們的時候，除了我以外，其他的豹子都中了毒，所以請求你們幫助我們。」那隻豹子虔誠地懇求道。

大家陷入了沉思，尤其是菲其格，他的心裡最是複雜。為了以防萬一，菲其格還是派一向做事認真的珊蒂到那邊豹群中進行了實地查看（當然過來的那隻豹子沒有放回去，防備他們抓住珊蒂當作人質）。

一會兒，珊蒂回來證實了剛才那隻豹子沒有說謊。他們家族真的中了毒，是找多麥家族尋求解藥的。菲其格這才放下心。

　　於是，多麥家族同意讓聖安魯家族進入多麥領地，為他們治療。可是，節外生枝的事情突然發生了，凱門琳薩家族的首領小盧，弄明白事情真相後，竟然要對危難當中的聖安魯家族發動戰爭，想趁機消滅聖安魯家族。當然，小盧的不義之舉受到了斯里塔家族和多麥家族的堅決反對。但是，小盧並沒有善罷甘休，他竟然將聖安魯家族首領彼其孟多俘獲過去，做為要脅，並要求多麥家族停止讓聖安魯家族人員進入多麥領地，更不准為他們治療，不然就對彼其孟多下手。菲其格遇到了從未遇過的麻煩。怎麼辦？總不能見死不救吧？想來想去，菲其格只好決定親自出面到凱門琳薩領地去和小盧當面談判，隨同前去的是坦塞和妮兒。雙方談判中，小盧提出放走彼其孟多的條件是多麥家族必須把自己的火樹交出來給他們。這當然是不可能的，怎麼辦？大家一時沒了主意。

　　就在這時，妮兒猛然想起了吉亞，她急忙偷偷召喚來了吉亞。吉亞給妮兒出了個好主意。妮兒按照吉亞的辦法告訴小盧說，聖安魯家族中的毒會傳染給其他人，再被傳染的人就沒救了。小盧聽了這話之後，覺得很害怕，急忙找了個藉口，把

彼其孟多給放了出來。

於是，菲其格熱情地把彼其孟多請到了多麥領地。想當年，聖安魯家族是多麼威名遠播的啊！他們家族有過多少豐功偉績，他們拯救過所有豹子，可是，到底為什麼會到今天的這個地步？

菲其格在聽了彼其孟多的詳細敘說後，對他說：「請你告訴大家安下心來，當年是你們聖安魯家族救了我們獸類大家，現在，我們怎能不幫你們呢？你們說的那種草確實有毒，你們中的毒還算輕，其實，只要聞到它的氣味就會中毒，不過你們來了就好，我們一定會找到阿第萊斯幫你們治好。」

阿第萊斯是多麥家族祖傳的解毒藥。它是一種小草，只長小小的三片葉子，火樹到哪裡它就長到哪裡。差不多每隔幾年，菲其格就會經歷這麼一次治療中毒豹子家族的事情。

「我們有救了？太好了！真是太好了。」彼其孟多流著激動的眼淚說。

「可是，可是哪裡有那種救命草呢？」珊蒂問。

「這……有就是了！有就是了！」說著，菲其格就又把大家全叫過來。他說：「想當初，聖安魯家族為我們做了很多好事，是他們救了我們，現在，他們遇上了麻煩，我們要馬上幫他們。」菲其格向大家仔細講清楚解藥阿第萊斯的樣子和可能

生長的地方後，大家就動身去尋找阿第萊斯了。

　　原來天下所有豹子只要中了毒，要想活命都必須來找多麥家族。真是太好了，難怪菲其格經常讓大家喝那種苦苦的草藥水呢！原來草藥也可以防止中毒。

　　兩天過去了，沒有任何收穫，第三天，感謝上天，吉亞無意中找到一株，這讓聖安魯家族有救了，雖然，要徹底治好還需要再找到兩株才能行，但大家總算可以鬆口氣了。彼其孟多也開始能走動了，當他在小河邊碰到妮兒和西典後，兩人便纏著彼其孟多為她們講聖安魯家族的故事。

　　彼其孟多深邃的目光裡頓時凝聚了滄桑、渴望、無奈和一點點自豪。這種眼神是妮兒和西典從來沒見過的，想必他們這個家族的故事一定很精彩。

　　「那是在很久以前了，那時候，你們多麥家族正值鼎盛時期，是最強大、最輝煌的歲月，我們家族也是，但從某種角度上來說，我們要比你們更強大。」從他的語氣裡，妮兒也聽出了前所未有的故事，那故事和他的目光一樣，深邃而滄桑。他頓了頓又說：「原先，我們不住在林子的西面，你們也不住這兒。我們當時就住在你們旁邊，由於兩家靠得近，隊伍就更大了，沒有人敢靠近我們，大家的日子過得簡單而枯燥，沒有人跟我們爭搶，都快得懶惰病了，我們這才發現我們打破了自然

的規律。於是，我們家族就放鬆了警惕，主要是想吸引一些對手，想招引天敵來鍛鍊自己。可是這種方法沒有奏效，除了自家的豹和食物，沒有其他動物敢來挑戰。由於長期和外界隔絕，不知道外面發生了什麼事，也不在意外面的情況，直到有一天……」

「直到有一天怎麼了？」西典看他不說話，緊張地問。

妮兒也好想問，可是不知道為什麼卻問不出口。

「直到有一天，有一隻奇怪的鳥兒飛到了我們這兒，為我們原本平靜的生活帶來了極大的改變。那隻鳥自稱是主管地球上所有動物的鳥兒，還叫……還叫什麼……什麼印……對了，是印得。」

妮兒不禁張大了嘴巴，印得，他說得清清楚楚，是印得，印得怎麼會，印得怎麼會……

「妮兒，妮兒，你在聽嗎？」彼其孟多問道。

「……啊？聽啊，當然聽啊……然後呢？」妮兒慌忙說道。

「然後他對我們說，說我們和你們家族都是這裡的豹群中最強大的隊伍，還說要讓我們負起責任，要我們到時候無論遇到多大的危險、困難都不能退縮，最後那一句我記得最清楚，他要我們拯救這兒的生物朋友。」

他停下來，像是在休息，說了半天的話，他累了。妮兒看得出來，毒素正在他全身擴散，於是急忙從河裡替他弄來了水。

他喝完水，就像補充上了力氣，說：「我們被這突如其來的一席話和這隻自稱是主管所有生物的怪鳥嚇壞了，一時不知道該怎麼辦才好，尤其是要我們拯救自己的朋友，到底是什麼意思？我們靜靜地等待上天的安排，不如說我們在傻等飛來的橫禍。那一天終於到來了。那天夜裡，天是陰的，沒有一顆星星，不一會兒，我們就聽到了奔跑聲和驚呼聲，接著，出現在我們面前的就是大批的動物，幾乎這個地區所有的動物都在拼命奔跑、尖叫、怒吼。當時情景，現在想起來都覺得好驚險。更令我們措手不及的是，在這群動物的後面奔跑著一匹渾身閃著兩種光彩的馬。它的上半身是閃亮的白色，確實閃閃發亮，下半身則閃著黃色，像金子一樣閃亮。它比普通的馬高大，也比普通的馬強壯，它的光照得大家睜不開眼睛，它沒有翅膀，跑起來卻和龍捲風一樣。在它的眉頭中間還有一個像鑽石一樣奪目的圓斑，閃爍著不同的光彩。可是，就因為這個，也不至於讓所有的動物都逃跑啊？我看得很清楚，它跑過的地方馬上就變成一片白皚皚的世界，樹的葉子也開始脫落，有水的地方都結了冰，看不見一絲土，一些落在隊伍後面的動物來

不及跑走就被冰封在了那匹馬的身後，當時我們被那種情景嚇壞了，不知該怎麼辦才好，於是也跟著一起跑。那匹馬飛快地跑過來，眼看就要趕上我們了，慌亂之中，我帶領兄弟們加速逃跑。就在我們不顧一切向前衝時，就像有一道金色的光在我的眼前一閃，我突然想起印得的一句話，要我拯救我們的朋友。我終於明白他是什麼意思了，可是我連自己都保不住，還怎麼去救其他的朋友呢？但我又不能眼睜睜地看著這個世界就這樣被凍結。現在想想，也真不知道自己怎麼了，我突然停下來，這一舉動使得聖安魯家族的所有成員都不知道該怎麼辦才好，但因為我是首領，所以他們也跟著停了下來。」

「我們圍成了一道牆，擋住了那匹怪馬。雖然我們的實力不算很強，但至少能堅持一段時間。」

「果然，那匹怪馬停下來了。它的光照得我們睜不開眼睛，我們攔住了它的去路，它顯然有些不高興，睜大眼睛看著我們，可又不敢對我們怎麼樣，畢竟它還是馬，我們是它的敵人。」

「對峙就這樣持續著，其他動物已經逃得很遠了，可是我們必須從兩條路中選擇一條：一是繼續這樣僵持著，不知道什麼時候會結束；二是掉頭逃跑，但那樣我們就毫無疑問會被凍在怪馬的身後。我們還是選擇了第一條。幸虧上天保佑，我們

驚喜地發現，怪馬在逐漸地溶化，它的前半身往下淌著血色的水，後半身黃色的光也在緩慢地減弱，尤其是它額頭上那塊像鑽石一樣的斑也在失去光澤。我們總算能睜開眼睛看清它了，它的臉上流露出痛苦的表情，身體也在縮小，就像雪要變成水一樣，更令人震驚的是，隨著它的溶化，它身後被冰封了的世界也隨著溶化。就在它完全成為一攤水時，它額頭上的那塊斑不但沒有溶化，反而閃著光彩慢慢地從地面升到了天上，最後，竟成了天上的一顆星星！再看看地上，冰雪溶化之後的地上頓時長出了一簇簇的鮮花，要知道，那兒不曾長過花啊，原本除了草就是樹啊。對這樣的改變讓我不知道怎麼辦才好，簡直目瞪口呆，直到眼睛酸了，我才相信這是真的。看著那顆亮亮的星星，我們給它取名叫做天馬星，不知道它給我們帶來了災難，還是幸福。說是災難，它把整片土地都凍結了，凍死凍傷了大批生靈；說是幸福，是它徹底地洗刷了這片大地，帶來了鮮花，帶來了比以前更綠的樹，比以前更嫩的草。」

　　「從此以後，大家都認為是我們救了那兒的所有生命，其實我們也沒有做什麼，但如果我們也跑了，那又會是怎麼樣的結果呢？故事就是這樣，後來，我們就搬到了這兒。」

　　彼其孟多用蒼老的聲音為妮兒和西典講述了這個故事。

　　西典愣在那裡，半天說不出話來，妮兒也是，想說什麼

又不知道該說什麼好。

「聽起來像個神話是嗎？」彼其孟多補充道。

這正是妮兒想說的話，它真的很像一個神話，不是像神話，根本就是神話。妮兒感到很榮幸，能和這些神話故事中的豹在一起，她真的感到很榮幸。

天馬星……聽起來真的很神奇。

「為什麼我遇不到呢？」妮兒羨慕地想。

聽完故事，妮兒和西典就更加抓緊時間去尋找阿第萊斯。

她倆一直找到很晚。妮兒突然提議說，我們晚上搬來小河邊住好嗎？也許在月光下會找到呢！晚上她們真的來到了小河邊，但是，夜色下根本分不出什麼是什麼草。於是，她倆找了一塊乾淨的草地，準備好好睡一夜。明天再認認真真地找。

小河邊靜靜的樹林，天上明亮的月亮，閃閃的星星，和不時劃過天空的流星，小河潺潺的流水聲，深深吸引著妮兒和西典，她們躺在大自然的懷抱裡，彷彿聽到了地球轉動的聲音。在這美麗的夜色中，妮兒不由得想起了自己的家。

「西典，你想家嗎？」妮兒平靜地問道。

「或許吧！我也已經習慣了這裡的生活。對於我真正的那個家也只是偶爾幻想一下而已。」

「哦？怎麼只是幻想？」

「聽珊蒂說，我早就沒有爸爸媽媽了。我只記得我家有個很大的莊園，一天，爸爸開車拉著我和媽媽去度假，不幸的是汽車從山上掉進了山澗裡。多虧珊蒂發現了我，不然我也……」

「我來這兒後，總哭著找媽媽、爸爸，他們答應找個小女孩來陪我一起玩，後來你就來了。」

「不是這樣，是坦塞把我給搶來的，不是我情願來的。」

「怎麼來都是一樣的了。」

「其實是不一樣的，救你來是想救你的命，搶我來是想要我的命。」

「什麼呀？亂七八糟的。」

「妮兒，那你想不想你媽媽、爸爸？」

「當然想呀！」西典的問題差點讓妮兒掉下了眼淚。

又有幾顆流星劃破夜空從眼前飛過，她們默默許下心願後，聽著蟋蟀的叫聲進入了夢鄉。

過了幾天，珊蒂和萊比亞又各找到了一株阿第萊斯，才完全治好了聖安魯家族。

12

埃索巴爾地

　　聖安魯家族走了。多麥家族雖然表現出了自己的仁義，但也得罪了周圍其他的豹子家族，尤其是凱門琳薩家族那個陰險的小盧，他恨不得一下子讓其他家族全部滅絕，全世界只剩下他一個家族，他一直都在想發展自己的勢力，擴大自己的地盤。這次聖安魯家族集體中毒，正好是借機消滅他們的機會。所以，從一開始小盧就劫持人質堅決反對多麥家族治療聖安魯家族，只是苦於多麥家族的火樹擁有的強大威力，遲遲不敢發動對多麥家族的戰爭。但看得出來，小盧一直都在垂涎多麥家族的領土，妮兒和西典私下還曾聽說，小盧為了研究多麥家族中兩個人類小孩到底有什麼用處，也派手下潛入一個山村捉來了兩個小女孩，並且教她們學習豹子家族的規矩，學習捕獵食

物，當然，這都是秘密進行的。可是，過了很長很長時間，兩個小女孩什麼也學不會，成天哭鬧，並且越來越瘦，還得了重感冒。小盧看到養育人類對他們也沒有用處，就派手下把那兩個小女孩又偷偷送回了家。

聖安魯家族集體前來多麥家族尋求生命救助，所引起的關於「入侵」和「反入侵」的話題，成了這些日子以來多麥家族的熱門話題，其實，這讓菲其格感到了很大的壓力，多麥家族雖然是和平的家族，一心保護著大自然，拯救地球，可是別人並不瞭解。相反，菲其格從小盧兇險的眼神裡也看出了這一點，如何守護住多麥家族的領土，讓菲其格感到了從未有過的艱難。如果小盧或者是小盧聯合其他家族，反過來共同進攻多麥家族的話（畢竟多麥有著特別大的領地和豐厚的食物資源），多麥家族將會陷入危機。其實，菲其格也知道多麥家族勢單力薄，從平常驅趕獅子、野狗、老虎及其他獸類入侵自己的領土看，人手感覺已明顯不夠用，還好有一棵讓敵人望而生畏的火樹。但是，菲其格擔心這火樹也不一定能保護己方萬無一失的。為了守護地球，維持自然界的平衡，多麥家族必須要強大起來，絕對不能讓陰險的小盧們吃掉自己。多麥家族如果不強大的話，這地球就會被海猿這類的狂人毀掉，大自然界就會被小盧這樣的傢伙破壞，印得也會對多麥家族徹底失望。

看來，要讓多麥家族強大起來還有很漫長的路要走。不過讓菲其格感到安慰的是，多麥家族有妮兒和西典兩個人類朋友。這是別的豹子家族乃至其他獸類家族根本無法相比的。多麥家族可以借助人類的智慧強大起來。

菲其格在一個無月無星無風的夜晚，召集了大家，並把自己的心事講了出來，這不得不讓大家議論紛紛。大家紛紛發表看法，想了很多辦法，坦塞首先提出火拼小盧和凱門琳薩家族，讓他們服從多麥家族，讓多麥家族變得強大起來，這個想法當然遭到了菲其格的反對。

是啊！僅有火樹是不夠的。這一夜，妮兒幾乎失眠了，她突然覺得自己有一種責任，也許是一種報恩的心態，必須幫助多麥家族強大起來，她不知道這種責任是不是與那隻叫做印得的怪鳥有關係。

後半夜，風涼了，夜空也晴朗了，有些星光已經輕快地照進樹林，照到了妮兒的身上，妮兒便沒有了睡意。她開始思考如何讓多麥家族強大起來的問題。是的，物競天擇，這是大自然無情的公平性。小盧的凱門琳薩家族幾次想偷襲多麥領地之所以沒有得手，就是因為多麥家族有一棵火樹，讓他們望而生畏。可是妮兒知道，其實火樹確實也像菲其格說的那樣，並不是萬能的，它的火雖然只燒敵人，不燒自己，是因為火樹能

聞出多麥家族成員的氣味，這也和野獸具有靈敏的嗅覺一樣。但是，早晚敵人會有辦法找出火樹的缺陷，比如敵人可以改變自己的氣味，模仿多麥家族成員的氣味，還有很多辦法都是可以戰勝火樹的。不過這是妮兒細心觀察的結果，也就是說這是人類的智慧，也許豹子再聰明也不會知道這麼深層次的道理。當然妮兒又想出了很多反敗為勝的好辦法，如果有一天敵人敢來進攻的話，可以找來多種不同味道的野草讓多麥家族的每個成員不停地變換氣味。想著想著，妮兒又想起了晚上開會的時候，坦塞提出的火攻小盧的計畫，這會兒妮兒反倒覺得坦塞也許是對的。可轉念一想，菲其格反對戰爭，也是對的，只要有戰爭，就會有死亡。妮兒也希望所有動物都和平相處，共同友好，不應該發生戰爭。菲其格那麼努力保護地球，不就是為了讓人類和大自然中的所有生命都能幸福快樂地生活在自然界的懷抱裡嗎？想到這些，妮兒更加佩服菲其格的主張，不發生戰爭就只有讓自己變得強大起來。菲其格說的話是對的，我們不去打別人，並不等於別人不會來打我們。

這回聖安魯家族突然找上門來，就讓多麥家族虛驚了一場……

不知道什麼時候，妮兒迷迷糊糊地睡著了。

「妮兒，你睡著了嗎？」吉亞突然說。

「什麼事啊……」

「起來玩玩吧，多沒意思啊。」

「睡覺多有意思啊，還可以做夢。」

「那你睡吧，我自己去，不過……祝你做惡夢。」

妮兒並沒有說什麼，還說了聲：「謝謝。」

吉亞真的自己飛走了，自從它獲得自由之後就一直這麼待不住。

不知過了多久時間，妮兒才醒過來，但是吉亞還沒回來。

「這傢伙哪兒去了，都過了這麼長時間……」妮兒自言自語說。

「是誰在背後說我壞話兒……」原來是吉亞，從老遠的天上飛來了，沒想到它的聽力這麼好，連妮兒自言自語的話都聽得見（妮兒老是忘記吉亞能聽見別人心裡想什麼這種特殊的本領）。

妮兒看著剛落地的吉亞，心不在焉地問：「哪裡那麼好玩，你怎麼去了那麼久？」

吉亞說：「哼，真可惜你沒看見那麼好的景色，我真懷疑我飛進了天堂。」

「有那麼誇張？」妮兒說。

吉亞說：「當然有，只可惜你沒看見，真是對不起。」

　　妮兒禁不住誘惑，尤其是吉亞說出這麼神秘的話，可真是吊起了她的胃口。

　　「嘿，告訴我嘛，你去了什麼地方？」妮兒問。

　　吉亞滿臉神秘地說：「你去了就知道，反正啊，說是說不出來的。」

　　「哎呀，你明知我不知道那個地方，你就發發慈悲吧。」妮兒說。

　　「沒興趣。」吉亞假裝說。妮兒一動腦筋，便拿吃飯來吸引吉亞：「哼，你不講就算了，我自己吃飯了。」

　　「嗯？有吃的？什麼吃的？」

　　「你又不想吃，我只好自己吃了。」

　　「什麼？有吃的，為什麼不留給我？」

　　「你不說嘛。」

　　「說就說，有什麼了不起，那你得留點給我。」

　　「沒問題。」

　　「在你還在做夢的時候，我就自己出去玩了，本來我是想在天上轉轉就回來的，沒想到卻飛進了一個『天堂』。在那裡我看到了從沒見過的景色。地上是一望無際的草地，那種綠色不是普通的綠色，你看過早上綠草上的露珠吧，就像被染上了

綠色的露珠一樣，在草地的上面飛舞著各式各樣的蝴蝶，它們一個個大得像手掌一樣，我敢打賭，它們要是落下來，草地就變成了花海。我再往前飛，就看到在草地的中間長著一棵大樹，我飛過那麼多森林，還是頭一次見過這樣大的樹，而且它不是榕樹，是一棵獨立的樹，獨木成林，樹幹那麼粗，葉子也是那麼茂密，幾乎沒有一點縫隙。」吉亞一口氣說完。

「這就是你說的天堂？」妮兒問。

「這還不算嗎？我以前可從來沒去過啊！」

「那你是怎麼找到那兒的？」

「我也不知道，好像是感覺帶著我去的，恐怕第二次再去就難了。」

「為什麼下次去就難了？」

「你怎麼這麼笨呢，我不記得路！不跟你說了。」

「去找菲其格要吃的吧！」

「啊？菲其格？他那兒有吃的？」

「沒有就算了，你可以找坦塞。」

「坦塞有嗎？」

「也許有吧。」

「我去看看，要是沒有……」

「快去吧！哈哈……」

妮兒還在想著剛才吉亞描述的畫面中—像染了綠色的露珠一樣的草地，一棵大樹，大蝴蝶……

　　想像起來不錯，就像風景畫一樣，只可惜沒機會再去了。可惡的吉亞，吃倒忘不了，只把重要的忘了。

　　她抬頭看看天，太陽還不算很高。

　　「不過……事情還是有轉機的……」說著，她便向吉亞飛走的地方跑了去，妮兒啊妮兒，老是等不及，又一個人去找了。

　　她憑著腦袋裡吉亞飛走時的模糊記憶往前走著，可是再走一兩步就要到了別人家的地盤了。她又不像吉亞會飛，她可是用走路的。

　　放棄的念頭在她的腦子裡一閃一閃的，不過既然決定的事就必須要做下去。她爬到一棵高高的樹上，希望能夠看見遠處的草地，可是，看到的卻是珊蒂。

　　「你在上面做什麼？」珊蒂看見妮兒時好奇地問。

　　「嘿，沒做什麼。」

　　「快點下來吧，在樹上讓人家看見了，還以為你在偷看什麼呢。」

　　「知道了。啊，那你在這兒做什麼？」

　　「散散步而已，回去吧。」

「你先回去吧，我在這兒看看。」

「那好，早點回來噢！」

妮兒真是太不甘心了，心想：居然一點兒痕跡也沒有，這怎麼可能，吉亞也不可能飛那麼遠，那麼，是他說謊了？不能啊，他不是那樣的鴿子啊。再不就是一個幻覺，但他又說得那麼真實，這不是那又不是，那就是自己又多想了。

不得已，她下了樹，這兒的事情真多，每家就那麼點地方，能做什麼（她只是氣話，她家的地方大得不得了）！

儘管這樣，妮兒還是不死心，不找到那個地方，她絕對不會放棄。

第二天，天還沒亮，她就跑去叫吉亞了，沒想到它早就醒了。

「你怎麼起來了？我正要找你呢！」妮兒驚訝地說。

「沒辦法，我也想多睡會兒，可是昨天那個地方的景色實在太好了，我不得不再去找。」

「真的嗎？這麼說，你記得那條路？」

「有點兒模糊，不過我相信很容易就會找到的。」

「你確定嗎？」

「試試總行吧，要跟我一起去嗎？」

「我很想去，可是……可是我不能越界啊！」

「越界……噢，你是說你不能走到別的家族領地上去啊。這真的是個問題，我在天上沒關係，可是你畢竟要走路去的啊。我想想，一定有辦法……啊！對，跟我來……」

妮兒跟著吉亞來到了一條小路上，這條路啊，說路又不是路，它彎彎曲曲的不知道通向哪兒，而且看起來也沒人走過，幾乎看不見腳印。

「這是哪兒啊？」

「那天我和西典在這兒附近玩，就發現了這條隱蔽的路，我們很好奇，問了菲其格才知道原來這是一條可以繞過各個家族領地的路，也就是說你走在這條路，就算被發現了，他們也拿你沒辦法。」

「但是，這條莫名其妙的路能通向那個地方嗎？」

「試試看嘛，我想應該是的。因為我昨天就是穿過了這些家族的領地才看到那兒的，而這路又是可以走出去的通道，應該沒問題。」

「好吧，我就相信你這一次，你先飛到那兒去，我就一直沿著這條路跑吧，跑到盡頭要是看不見你和草地，我就再跑回來。」

「好！開始吧。」

妮兒又使出了她的看家本領，這條小路真是不尋常，一

直左彎右彎，右彎左彎，轉眼間就看不見了，周圍全是濃密的草，長得結結實實，小路越來越窄，跑到一個地方就完全看不見了。

「這是什麼鬼路嘛，到底到哪裡啦？」她往地上一看，哪裡是什麼草地嘛，雜草一堆⋯⋯

她繼續向前走去，不知轉了多少個彎，妮兒覺得天已經黑了，而且她覺得自己快走出地球了。她為什麼感覺天黑了，噢，原來是在這蒼天大樹的底下根本看不見天空，她只能勉強看見一點點星光似的微光，憑她多年的經驗，這一定是日光。可周圍還是越來越黑了。

妮兒越來越不確定現在究竟是不是黑夜了。她本能地靠到一棵大樹上。在大自然裡生活了這麼多年，她學會了生存的道理，那就是黑夜時無論怎麼樣都不能在林子裡走動，尤其是像這兒的樹木又高又密，彷彿進了熱帶雨林，如果再繼續走，可能會被其他的動物給吃了。妮兒看看她身後的這棵樹，還好，沒有蛇，也沒有在上面用餐的獅子、豹子。她這才爬上去，在樹上總比地上要安全一些。

這種感覺怎麼像那次遇見布樂家怪獸一樣呢，甚至比那回更可怕。那次身邊還有西典，現在只有自己了。在這裡四周看不見東西，不知道潛藏有多少危險。要是在別處，早就睡在

那塊軟軟的草地上了，而在這兒，即使睏得抬不起頭也不能睡覺。對吉亞，妮兒有些氣得牙癢癢，生氣吉亞幹嘛把話說得這麼真。

妮兒牢牢抓住樹幹，掌心都出了汗，生怕弄掉一片樹葉，事實證明她的擔心不是多餘的。不一會兒，就有點點的亮光，是黃色的。亮光越來越亮。妮兒這才看清那是一團東西在一起發出的亮光，它們像球一樣一邊滾動一邊發出吱吱呀呀的聲音。

「天啊！」妮兒驚訝得差點叫出聲。

那團東西很快就滾過去了，借助它的光，妮兒看到了有生以來最可怕的一幕，被那團東西滾過的地方馬上空空如也，沒留下一根草，更可怕的是還有一副血淋淋的兔子骨頭，看樣子，連兔子都來不及逃跑。

如同惡夢醒來一樣，妮兒逃出了那個地方，又看到了燦爛的陽光。妮兒頭一次覺得陽光是這麼美好，這麼重要，還可以給人勇氣。吉亞真會惡作劇，害得妮兒差點迷了路。幸虧聰明的妮兒知道上當便掉頭回來。

妮兒回來後自然和吉亞又上演了一出好戲。妮兒一連很多天都在生吉亞的氣，無論吉亞怎樣討好，她都不願搭理，沒辦法，吉亞只好成天和西典一起玩。 妮兒絞盡腦汁想了很多

讓多麥家族強大的辦法，但菲其格都不滿意。直到一天妮兒值班為大家準備食物，她到火樹上取火時，才想起應該問問火樹有什麼好辦法能讓多麥家族強大起來。

太有趣了，這次火樹竟然給妮兒畫了一張漫畫，什麼也沒說，什麼也沒寫，畫上只有一棵看上去很大很大的獨立的樹，和一片從大樹上掉到半空中的落葉。妮兒心想，這幅漫畫肯定是另有所指的，只要按圖索驥就一定會有收穫。妮兒為了給大家一個大驚喜，自己開始尋找起漫畫中的那棵獨立的大樹。

妮兒每天都起得很早，在外邊走一天才回來。她幾乎走遍了領地的所有地方，卻沒有發現類似的大樹。有一天，妮兒在途中實在走累了，她到一眼山泉中喝水的時候，從泉水中她突然看見了倒映在水中的吉亞的身影，她抬起頭來向四處望去，才發現吉亞正在遠處的一棵樹枝上默默注視著自己。原來，吉亞一直在暗中跟著自己。此時此刻，妮兒才感覺到了自己的孤獨寂寞和時時刻刻可能會降臨的各種危險。看著誠懇的吉亞，妮兒感動得流下了眼淚。妮兒對著清澈的泉水看見了自己掛在臉龐上的淚水，她讓淚水一滴滴滴進了泉水中……

妮兒喝過泉水，心裡冷靜了下來，她覺得自己很可能誤會了吉亞，說不定吉亞早已真的看到了漫畫中的大樹，吉亞說

的「天堂」不正是漫畫中的情景嗎？

　　想到這裡，妮兒從泉水邊走過來，熱情地把吉亞喚到了自己身邊。吉亞聽見妮兒的招呼，倏地一下子飛到了妮兒的手上，他們又成了親密的好朋友。

　　「吉亞，你能不能再飛到你說的『天堂』裡去再證實一下，那裡確實有一棵獨立的大樹？」妮兒用商量的口氣對吉亞說。

　　「你又不去那裡，有沒有對你重要嗎？」吉亞對妮兒說。

　　「有用，非常有用，這是關係到多麥家族的大事。」妮兒進一步解釋。

　　當妮兒返回住地不一會兒，吉亞也飛了回來，他又證實了「天堂」的存在。妮兒已經掩飾不住內心的喜悅，她急忙帶吉亞一起找到了菲其格，把漫畫上畫的和吉亞兩次看到的「天堂」都告訴了菲其格。

　　菲其格看了漫畫，又詢問了吉亞，證明了一切都是真實的，便當機立斷，決定率領多麥家族集體出動去尋找那棵「天堂」中的大樹，也是讓多麥家族強大的希望之樹。

　　有吉亞在天上引導著。第一天他們走得很順利。第二天夜裡可就倒楣了，他們露宿在一片森林裡，夜裡突然下起了滂沱大雨。為了避免遭雷電襲擊，大家全都從樹上跳下來，為了

不讓妮兒和西典被雨淋濕而生病，菲其格、坦塞、珊蒂、萊比亞四隻豹子只好並排站在一起，讓妮兒和西典半蹲著身子在他們的身體下躲雨，一直到天亮，大雨才停下來。

菲其格他們在雨後清晨的霞光中抖去身上的雨水，又繼續前進。

到了第三天，他們從森林中走出來的時候，竟然走進了一片綠草地。

吉亞不知從哪兒飛了過來。他告訴大家，一直往前走就會看見那棵獨立的大樹了。

聽到這個消息，大家高興極了。西典第一個倒在草地上休息起來，休息是讓人喜歡的事情。

「走吧！」才休息一會兒，菲其格就又催著大家出發了。眼前已經有很多巴掌大的蝴蝶了，看來很快就會看見大樹了！

「快！快！我看見大樹了！」一直走在前邊的坦塞突然大叫起來。

大家順他的聲音望去，前邊果然有棵獨木成林的大樹。於是，大家爭先恐後地向大樹飛奔而去。

說真話，這不像是一棵大樹，倒像是一片森林，樹幹看起來，都不知道用什麼辦法來比喻，樹葉更是遮天蔽日⋯⋯

風吹來，樹葉搖晃的聲音就像大海裡的浪濤聲一樣，又

像一陣綠色的風暴。風平浪靜後，大家早被這些樹葉「打」得不成樣子了，這才開始觀賞起大樹來。妮兒走到樹幹跟前，用石子做了個記號，然後開始繞著它走，可是真奇怪，她偏偏要逆時針走……

「這棵樹可真大啊。」妮兒邊摸著樹邊說。

是啊，它不僅高大，而且還很乾淨，樹幹上任何被蟲子蛀過的洞，世上恐怕再也找不到這麼一棵完美的樹了。

事情突然發生變化了。妮兒清清楚楚地看到樹幹在變化，樹皮上出現了一行行的字，那是誰刻上去的呢，字跡工整漂亮，每個字都好像會說話一樣，在這乾皺的樹皮上，誰會有這麼漂亮的筆跡？

「我是埃索巴爾地，歡迎多麥家族的到來，你們當中只能有一人跟我去旅行，如果平安回來，我就會送給你們一片神奇的葉子，它是一枚特殊的武器。它能對你們的敵人洗腦，變成你們忠實的朋友。如果有敵人入侵你們的領土，你們只要將它對著敵人，敵人就會轉身退去。」

經過商量，這種冒險的任務自然又是妮兒承擔了下來！

正當妮兒不知道如何跟著大樹去旅行的時候，她發現，大樹從樹幹底部打開了一扇小窗戶，於是，妮兒從窗戶鑽進了樹內。然後，大樹又將小窗戶關了起來。進去樹內的妮兒驚訝

極了。她看見了大樹的年輪，就像寬闊的馬路，這些十分規則的年輪馬路上，來來往往飛奔著許多像螞蟻的車輛，凡是順時針跑動的螞蟻車都是駛向未來世界的，凡是逆時針跑動的螞蟻車都是駛向過去世界的，如果站在原地不動就只會看到現在的世界。還沒等妮兒決定走進未來、還是走向過去，就已經看到了美國的白宮，俄羅斯的紅場，接著又看見太平洋中的夏威夷群島，那裡有很多度假的人在海灣沙灘上享受日光浴，很多人正在藍色的海水中衝浪……

「別愣在那兒了，到未來世界看一下吧！如果你坐第一年輪道上的車，你就會到十萬年以後的未來世界，如果你坐第二年輪道上的車，你就會進入二十萬年以後的未來世界去，依此類推，明白嗎？」妮兒聽見了大樹的聲音。

「我要坐第十年輪道的車。」妮兒好奇地說。

「你是說你要進入一百萬年之後的未來世界？」

「是的！」

「好吧！」

妮兒坐上了一輛超光速螞蟻車，開始還感覺臉上有雲霧飄逸的感覺，但越到後來，什麼感覺也沒有了，彷彿進入深沈的睡眠。

當妮兒回過神時，她已進入了一百萬年之後的地球。妮

兒已經看不見城市，沒有了國家（大概城市已被搬到其他星球上去了），長江、亞馬遜河、尼羅河，都變成了微不足道的小溪。最高的喜馬拉雅山又變成了海洋。地球上僅有寥寥無幾的人類，很多人類都遷移到其他星球上去了。地球上根本沒有了火車和公路，人們靠一種高科技的鞋子，就可以飛來飛去。這些人是不願意離開家園的人類，他們日夜守候著，像原始人類一樣勞動著。偶爾也會看到從外星球飛回地球觀光的早先地球人的後裔。海洋陸地包括天空已根本沒有了障礙，地球人可以在半分鐘內任意到達地球的任何角落，他們的統一語言是漢語。

妮兒還看到，一百萬年後的地球彷彿比現在小了許多。生態環境已經到了最佳境界，空氣特別新鮮，人類沒有了任何疾病，只憑著意志，男女性別可以自由改變。但是動物種類也所剩無幾……

妮兒從未來世界又坐上了逆時針返回的螞蟻車，在大樹的安排下，她又來到了過去地球上的某一個地方。

「到了。」埃索巴爾地說。

妮兒這才睜開眼睛，迷迷糊糊的，有些站不穩，看起來很難受。

「你帶我來的是什麼地方啊？」

「當然是一個很值得來的地方！」

妮兒睜開眼睛，四周也沒有什麼不一樣，只不過有一座冰山而已。

「你帶我到冰山來了？」妮兒問道。

「也算是吧，不過你看看北方。」

她順著埃索巴爾地說的朝北方看去，那裡又有一座山，山頂有一個大洞，而且還冒著濃煙！啊，是一座火山！

「是不是感到很不可思議？」埃索巴爾地笑著問。「再看看東方和西方。」

妮兒又趕緊轉身向西方看去，那是座很高很綠的山，山上飛騰著瀑布！再看東方說山不是山，不是山又是山，它在一片海裡，沒錯，那是一座島嶼。

這四面都是山，妮兒有些不明白。

「你看那座島嶼，你看見它周圍的那片海了嗎？早在地球上出現第一批生物的時候－也就是說早在第一批海裡進化出來的生物出現時，它們進化的那片海就是這片海，而那座島則是棲息動物進化的地方。」

「我想，我能不能去嚐嚐瀑布的水？」妮兒問。

轉眼間，他們便來到了瀑布前。

妮兒看見這麼清澈的瀑布，好奇地問：「它們要流到哪

裡去呢？」

「我也不知道，也許像迴圈那樣循環著吧。」

「迴圈？」

「是啊，也許。快喝吧。」

妮兒捧起一點兒瀑布水，這是三十多億年前的水，是世界上最純淨的水。她聞了聞，一股淡淡的清香立即傳遍全身。這麼純淨的水，妮兒都有些捨不得喝了，她輕輕地把水送到嘴邊，只喝了一小口，頓時，全身舒暢，而且好像喝一小口水，就可以十天不用喝水一樣。

「真是太舒服了。你說呢？」埃索巴爾地自歎道，此時它已經連根都伸進水裡了。

「我們喝過之後，它會不會被污染呢？」

「不會的，因為我們是在下游。」

這樣妮兒就放心了，她又雙手捧起水，一口氣喝了下去，這水真神奇，像是靈丹一樣，使人心曠神怡。

「待會兒我們要去哪兒？」

「這裡是最後一個地方了，下一站我們回去。」

「等等，回去是指回到草地上，還是回到多麥的領地呀？」

「那還用說，當然是草地上，別忘了我還要送給你我的一

片葉子呢！」

　　妮兒又從埃索巴爾地打開的小窗戶裡跳了出來，大家欣喜萬分地圍住了妮兒。

　　一陣晃動之後，大樹果真飄落下一片樹葉。妮兒興奮地把樹葉握在手中。

13

帕傑的禮物

　　除了火樹，多麥家族現在又得到了埃索巴爾地的葉子，他們誰都不怕了。接下來，菲其格想的是要把其他豹子家族慢慢聯合起來，建立一個真正和平、民主、平等的豹子世界。已經有很多家族都來向多麥家族表達了聯合的願望。

　　而且，聽說今天又有客人來拜訪了。吃完早飯，菲其格把大家集合在一起說：「今天我們家將會有遠方的客人要來。」大家聽了都很興奮。

　　「這回不知是哪個家族的？又是來想和我們聯合的吧？」西典問道。

　　「他叫帕傑，是我以前的好朋友，他們家族早就想和我們聯合了。」

「這樣啊！」

「大家快去準備準備，一定要給他最好的招待。」

清理雜草，找食物，忙完就快中午了，菲其格叫大家一動也不能動地坐在地上，生怕破壞了剛剛整理好的環境。

可是，到了少葉樹掉下九片葉子的時候，帕傑還是沒有來。

「怎麼回事？帕傑怎麼還沒來？」吉亞不耐煩地問。「我的翅膀再不動就要黏在一起了……」

「不然，吉亞，你飛上天空看看帕傑有沒有在路上？」

「可是，他長什麼樣子？」

「年齡和我一般大，跟他來的還有兩隻豹子。」

「知道了。」說著，吉亞就飛了出去。

妮兒對帕傑很感興趣，問道：「帕傑是不是也和你一樣了不起？」

菲其格笑著說：「你見到他時你就不覺得我了不起了。」

「聽說他得到了一個新玩意兒，要和我來研究研究。」

「什麼新玩意兒？」妮兒好奇地又問。

「我也不知道，但肯定很神秘。」菲其格說。

吉亞過了好半天才回來，它卻說沒有見到客人的影子。直到下午，吉亞才捎回準確消息說，帕傑他們就要到了。

菲其格老遠就迎了上去，和帕傑熱烈擁抱在一起。只聽帕傑說：「本來上午就能到，但是路上出了點兒事。」

　　「你沒怎麼樣吧？」菲其格擔心地問。

　　「沒有，就是這件東西在路上耽誤了我一點兒時間。」說著，他叫來了隨他一起來的兩隻豹子其中的一隻，拿出一個包袱。

　　「就是這個，」帕傑說，

　　「它可是個不平凡的東西，這次來就想和你一起研究的。」

　　「噢？是什麼東西？我能幫你什麼忙？」

　　「別這麼說嘛，我也不是什麼都知道的。」帕傑邊說邊從包袱中一層一層的布裡拿出了一個東西。

　　「你看看，就是這個，我仔細觀察過它，這個走得快的小針圍著這個盤繞一圈，那個長的小針就走一個小格，等到那根長的小針繞了一圈，這個最短的針就跳一個數字。」

　　「你說這個嗎？這個叫做『鐘錶』。」

　　「鐘錶？原來，原來這個就是鐘錶？它可以用來計算時間？」

　　「當然了，這個就是鐘錶，用來計算時間，晚上這個短的針轉到 12，新的一天就開始了。」

「原來如此！那我就把它送給你吧。」

「謝謝。」菲其格坦然收下帕傑的禮物。

妮兒心裡覺得奇怪，家裡不是已經有少葉樹了嗎？

菲其格安排帕傑他們吃完飯以後，又替他們安排好了住的地方，自己才去睡覺。

「妮兒，妮兒，去冒個險好不好？」吉亞問妮兒。

「你沒看帕傑拿來的鐘錶有些怪嗎？」

妮兒正是願意冒險的人。他們兩個趁天黑，來到了那個鐘錶前。妮兒剛伸出手去碰了一下，燈就亮了，當場就把她嚇了一跳，還是吉亞聰明，趕緊把亮光遮住了。

「到樹林裡去！」

妮兒和吉亞飛奔到樹林裡，到了樹林，這點亮就不算什麼了。

「這個錶剛才帕傑拿著的時候還沒亮，怎麼……」吉亞驚訝地問妮兒。

「我也不知道。」

「我們不如看看它的真面目。」

吉亞把遮著燈光的翅膀鬆開，只見錶盤裡寫著一段字：「你好，妮兒和吉亞，我叫格奧絲，看到我你們應該不會再覺得奇怪了吧？你們難道沒有發現我顯示的時間不準確嗎？現在

應該快午夜零點了，我才十點鐘，不信的話可以看看少葉樹。對了，我後面有按鈕，可以調時間，如果是你們調的，我會給你們一個驚喜。」

「什麼樣的驚喜？」吉亞自言自語。

「你只要調動我，我就會帶你們去一個發生過歷史事件的地方，然後讓你們當上當時歷史事件的重要人物。如果你們做了某些事，就會改變歷史！」

「改變歷史？讓時光倒轉？」

「沒錯，改寫歷史，但記住，如果你們在事件中沒有發揮正面作用，也就是說做了壞事，就回不到現實中來了，而且還會成為一塊石頭，或者一塊木頭。」

「永遠成為石頭或者木頭，回不來？」

妮兒雖然願意冒險，但心裡還是有點發麻，她怎麼會想成為一塊石頭呢？

「對，永遠回不來。怎樣，準備好了現在就可以去。」

「等等！」

「如果我們沒有能力去改變怎麼辦？」妮兒問。

「放心吧，我不會強迫你們的。」

吉亞心裡還是有些猶豫，改變歷史真的不是一件容易的事情，何況，搞不好要留在那裡變成石頭或木頭。妮兒雖然擔

心，但是她突然想起來，擁有這次難得的機會可以拯救多少人，可以阻止多少次戰爭，甚至可以幫多麥家族恢復原先的強大。

「另外……」格奧絲說，「只有兩次機會，而且限期兩天。」

「兩天？」妮兒問。

「是啊，對你是一種挑戰。」

「是任何方面的歷史都可以嗎？」

「不是，只限人類和自然方面，但這樣的範圍已經很大了。」

「我們走吧，吉亞。」妮兒興奮地說。

妮兒把吉亞抓了起來，格奧絲的亮光突然消失了。

「想去哪？」黑暗中，格奧絲問道。

「帶我去原始人部落吧。」妮兒說。

「好的！」

他們幾個在黑暗中待了有一個多小時，也不知道具體位置在哪兒，但妮兒敢肯定，在這個黑暗裡不知包含了多少年代，隨時停下來，都可能到達古代某個時期。

「快到了，你們抓緊，千萬別落單！」格奧絲提醒妮兒和吉亞。

「沒問題，知道了。」妮兒抓住吉亞一隻翅膀，又抓住格奧絲，黑洞中風從耳朵兩邊漸漸加速起來，喘不過氣來，但她還是牢牢地抓著這兩個朋友。還好，風馬上就平穩下來了，而且眼前也越來越亮了。

　「到了嗎？」妮兒大聲地問，可是沒人回答。

　眼前的光亮得刺眼。

　很快，妮兒的雙腳就能站在地面上了，剛才就像一場夢。

　「哎喲！」吉亞大叫一聲。

　「噓……小聲點，現在是原始人時代，你怎麼能大聲叫呢？」格奧絲說。

　「我們到了嗎？」

　「對啊，現在正是第一天的開始。你們得抓緊時間……」還沒等格奧絲說完，妮兒就不見了。

　妮兒的四周是棟大房子，上面是圓形屋頂，四周掛滿各種獸皮，還有弓箭。有的原始人對著她說著奇怪的話，她聽不懂，幸虧格奧絲和吉亞及時趕到，格奧絲指著妮兒急忙對原始人說：「這是上天派給你們的新首領，她會給你們帶來福音。」原始人群一片歡呼，原來這是他們慶祝新首領的方式。不一會兒便有一個原始人匆匆忙忙來報告，格奧絲急忙翻譯了

他的話：「他說，有另一個大部落要來進攻我們，可是我們的人不如他們那兒多，問你該怎麼辦？」

「這是個很棘手的問題，搞不好會兩敗俱傷。」

「你們說該怎麼辦？」妮兒急切地問吉亞和格奧絲。可他們都只是聳聳肩。

「問問他們那個部落什麼時候到？」

於是，格奧絲照妮兒說的，問了問那個原始人，讓大家難以置信，他們已經到領地邊緣了。

「什麼？」妮兒倏地從座位上跳起來，嚇壞了那些原始人。

「問問他們，為什麼現在才說？」妮兒說。

「怕打擾你。」

妮兒更是被氣得兩眼冒火，但現在不是生氣的時候，要想辦法才對。可是，她才八歲，怎麼能指揮打仗呢？

「我們寡不敵眾，得用頭腦想辦法。」格奧絲說。

「可是我哪有什麼辦法呢？」妮兒雖然嘴上這麼說，心裡卻想到了什麼。她想到了菲其格以前說過的辦法。在和敵人打仗的時候，如果己方人少，敵方人多的話，可以用一種計謀。有一個辦法是這樣的：讓少數人告訴敵人自己家裡有很多很多人，有各種各樣的武器，來嚇跑敵人。

「對了！我們就用那個辦法！」妮兒終於想出了對策。

「格奧絲，麻煩你告訴他，讓他召集部落裡的所有原始人，跟我走！」

在部落的邊緣，果真有一大批隊伍，帶頭的原始人過來和妮兒交涉：「我看你們還是認輸吧！」那個首領說。

「反過來說你們吧！看到我們這些人了嗎？」

「那又怎麼樣？」

「這只是其中的一小部分，在我們領地裡還埋伏著很多很多武士，他們藏在哪裡我就不能告訴你了，反正你只要一進到裡面，我們就會把你們包圍起來，一網打盡！」

「哈哈哈！你嚇唬誰？」

「而且，他們還帶著各種武器：弓箭、石頭、炸藥……」妮兒說得若有其事，那個部落的首領也有些害怕了。

「什麼是弓箭？什麼是炸藥？」

「弓箭就是一次能射死幾個人的武器，炸藥則能在眨眼的工夫讓你們全部死掉，而且你們的家也會被炸成碎片！」

「怎麼樣，想不想試一試？」妮兒又說道。

果然，那個首領帶著他的武士逃跑了！

「你真厲害！妮兒，原來你這麼聰明！」吉亞驚歡地誇獎妮兒。

原始人見自己的首領沒用武力就打敗了敵人，都以為自己遇見了神！馬上就去捕獵，想要感謝妮兒。

不過妮兒來這兒只有一天的時間，哪裡有時間吃飯呢！

「格奧絲，麻煩你告訴他們，我還有事要說。」

原始人很聽話地停了下來。

「我當你們的首領，只有一天，所以我要教你們一些本領。」

「首先，我教你們怎麼能在春夏秋冬都吃到食物。」

「要想總能吃到足夠的果子的話，先去拿一個果子來。」妮兒說完，一個原始人就遞過來一個桃子。

妮兒拿著桃子，把它打開，裡面便露出了紅色的核。然後她找到了一塊土地，把桃核埋了進去，又在上面澆了些水。

「這樣，等一段時間就可以長成桃樹，就可以吃到桃子了。」妮兒說。

原始人紛紛去摘桃子了，然後拿出很多很多桃核埋到地裡，澆水，妮兒告訴大家說，將來這裡就會成為桃樹林，大家就會吃到很多很多的桃子。

一個原始人問：「是什麼果子都可以這樣嗎？」

「果子裡面硬的東西都可以這樣。」

那個原始人高興得歡呼起來。

「你們別忘了，要定期在種子上澆不多不少的水。」妮兒提醒原始人說。

　　爾後，她又給這裡的每個人取了好聽的名字，並告訴他們不要相互殘殺。

　　看看格奧絲身上的短針還沒走到12，她決定再在這兒待一會兒。

　　「不知道我這個算不算改變歷史？」妮兒笑著說，她覺得這不算。

　　「當然算了。你讓人類的發展提前了十多個世紀！而且你上午阻止的那場戰爭，是早期人類中最大的一次戰爭。」

　　「格奧絲先生，為什麼你什麼都知道？」吉亞問。

　　「我就是時間啊。我當然經歷過很多事情啊！」

　　「想好下個要去的地點了嘛？」格奧絲問。

　　「沒有呢，我也不知道都有什麼重大的歷史事件。」妮兒回答。

　　「比如，已經消失了的瀑布，鯨魚集體自殺，袋狼的滅絕，如果你去了，或許可以挽回它們的生命。」

　　「可不可以都去？」

　　「噢，對不起，你只能選一個。」

　　妮兒猶疑在消失的瀑布和滅絕的袋狼之間，到底該拯救

哪一個，瀑布是生命之泉，可是也不能犧牲袋狼。最後她決定
救袋狼，理由是：世界上瀑布有很多，而袋狼卻只有一種。

「想好了嗎？妮兒？」

「噢，想好了。」

「那麼你選擇……」

「當然是袋狼。」

「真的嗎？我也想到袋狼了，不能讓他們滅絕。」

「他們為什麼走上絕路呢？」

「當時，袋狼與袋鼠為敵，他們都生活在森林裡。可笑的
是，袋狼為了除掉袋鼠，便開始去破壞森林，結果大片的森林
被破壞了，袋鼠死了很多，其他的動物也都所剩無幾。袋狼這
才意識到自己也在面臨著重大的危險。最後，他們後悔都來不
及了，結果，最後一隻袋狼也倒下了。」

「看來，我選擇袋狼是正確的！」

「你們真要去找袋狼嗎？」吉亞緊張地問。

「對啊，怎麼了？」

「我就不用去了吧，他要是把我吃了怎麼辦……」

「不會的，要吃也不吃你這樣的……」三個人說著說著，
又到了袋狼生活的地方。

「平時他們是生活在水裡的，晚上才出來活動。既然你來

了，我不能浪費時間，就立刻讓天黑下來吧！」格奧絲說著，眨眼間已經晚上了。

妮兒問：「哪裡有袋狼呢？」

「一定要到瀑布的下游才能看到。」

「哪裡有瀑布呢？」

「這很容易知道，我只要查一下秒針就可以了。秒針每走一下，就可以知道地球上所有的地方，在這一秒鐘之內都發生什麼了。它哪兒都見過，肯定知道這個地方哪裡有瀑布，如果它不知道，再問分針。」

妮兒高興地說：「好吧，格奧絲可真有你的。」

查秒針查了老半天，才查到瀑布的位置，要是查時針的話早就查到了。

「你們都深吸一口氣，要憋住，千萬不要喘氣。」格奧絲囑咐說。轉眼間他們來到一個大瀑布的下游。

「快躲到旁邊的樹後面，別讓他們發現我們，這裡有袋狼。」格奧絲說。

妮兒乖乖地躲到樹後面，吉亞也飛到了樹上。

沒等多長時間，水面有些震動。一個東西浮出了水面，起先只露出一個頭，那個頭上長著角，臉上又長著鱗，很像長了鱗片的鹿。確定沒有多大危險之後，他又把整個身體露出了

水面一袋狼的體型比成年公鹿大，有四個蹄，渾身長滿鱗片，肚子下有一個袋子狀的東西，在月光的照耀下，全身閃閃發亮。他游到岸上，後面緊接著游出了一大群同類，他們金黃色的皮毛照得整個水面閃閃發光。但是亮光在他們上岸的時候就不見了！

看著這麼龐大的隊伍，妮兒真不知道如何去說服他們。

「格奧絲，他們的隊伍這麼龐大，怎麼才能阻止得了呢？」妮兒問。

「那要靠你來想辦法嘍！」

「我？」

「其實也有好辦法的。」

「什麼好辦法啊？」

「擒賊先擒王，只要把他們的王制服，就好辦了。」

「制服他們的王？」

「沒錯。」

「但我怎麼才能制服他們的王呢？」

「我聽說，只要能坐到王的背上，就算勝利。」

「……有那麼容易的事嗎？」

「這恐怕很難，搞不好還會受傷。」

「對，可是，現在後悔還來得及。」吉亞在一旁小聲說

道。

「後悔？我什麼時候後悔過？」

「這麼說你是要……」

「沒錯，格奧絲說得對，一定要制服他們的王。」

「你現在就要和他們開戰嗎？」

「那還等什麼？」

「現在他們還沒有放鬆戒心，等過一會兒他們肯定把心思全部轉移到尋找食物上面。」

「哪隻才是他們的王呢？」吉亞問道。

「領頭的那隻金色袋狼就是。」

妮兒已經想好，一會兒讓吉亞先去分散他們的注意力，然後自己再從樹上跳下來，直接跳到帶頭袋狼的背上。

等了一會兒時間，其他的金色袋狼都去找食物了，首領身邊只留下幾隻擔任護衛工作的袋狼。

「是時候了。」格奧絲說。

「好！吉亞，上！」

「我……我非要去嗎？要是把他們惹火了可就慘了呀……」

「放心吧！你在天空，他們怎麼樣也追不到天上啊！」

「嗯，有道理……」

「別耽擱時間了，快去吧！」妮兒在樹上說道。

吉亞很痛苦地飛出去，故意把翅膀的振動聲弄得很大聲，還停在首領的角上。 那個袋狼首領立刻跳了起來，不停地甩著頭，可憐的吉亞差點被甩到地上，正混亂的時候才能看出一個人的本性啊。他周圍的那幾個護衛的袋狼此時沒有一個敢上前幫他的，都好像看呆了一樣。

首領這麼瘋狂地亂跳，妮兒沒辦法跳到他的背上，吉亞啊吉亞！妮兒不得不亮出事先準備好的暗號：搖樹枝，只有這樣，吉亞才會停止。

吉亞一看到暗號，趕緊飛到天空，因為剛才那麼一陣亂搖弄得他頭昏眼花，所以，還沒飛穩就一頭栽到了樹上。

那隻袋狼王似乎沒有察覺到吉亞已經飛走了，還在那兒像吃了興奮劑似的甩著頭，好像身上有一萬隻蚊子……終於，旁邊有一隻袋狼發出了一聲怪吼 ，他才停下來。此時，他已經是精疲力竭了。

看到袋狼王已經累得趴下來休息，妮兒覺得機會來了。袋狼王就在她的正下方，只需要跳下去就可以。

「快點跳啊，妮兒，快點！」格奧絲催促著她。

「……噢。」

妮兒正猶豫著萬一跳不準，就會打草驚蛇，而且她剛剛

又看到吉亞差點被摔了個半死……

「妮兒！幹什麼呢，再不跳他就要跑了！我們離天黑沒多久時間了。」

「對，妮兒，快跳！我剛剛還不是沒事！」吉亞用吃奶的勁說。

「必須用這個辦法嗎？」

「當然！得快點，時間不多了！」

其實妮兒不是害怕自己會像吉亞一樣，而是覺得這樣對袋狼太不公平。可是不這麼做又挽救不了他們，想到這裡，她果斷地跳了下去。

還好，妮兒很準確地騎到了袋狼首領的後背上，又是一場激烈的搏鬥，袋狼王的叫聲頓時響徹整片森林。妮兒緊緊地抓住它的角，儘管如此，渾身光滑的袋狼王還是很容易把人摔下去的。他開始瘋狂地向前奔跑，看來是想甩掉妮兒。很快，妮兒就消失在了吉亞和格奧絲的視線中。

「我們快跟上她們！」吉亞大叫。

「再等等，妮兒一定會平安地回來的。」

「如果妮兒出了什麼事……」

「放心，過一會兒要是還不回來，我就查看秒針，就能知道位置！」

妮兒只覺得身邊的風讓她呼吸困難、睜不開眼，如果把嘴張開，就會有小石子衝進嘴裡，就算把嘴閤上，臉上也會被飛來的沙粒打得十分疼痛，有的時候身體都被吹得飄了起來。

袋狼王還是不顧一切地向前跑著。妮兒臉上已經被樹枝刮破了一處又一處的傷痕，胳膊、腿上也到處傷痕累累，尤其是那雙手。袋狼王也不知道怎麼了，角上竟然長出許多刺來，雖然那些刺沒有鋼針那樣尖，但是如果抓的時間長了，手因為磨破了，還是十分疼痛。就像上次為了康諾、耶托去爬山一樣，但這次比爬山可要難多了，不一會兒，妮兒的手就被磨得鮮血淋漓。

「你還要等到什麼時候，你說，妮兒怎麼樣了？」這邊吉亞焦急地對格奧絲吼道，已經過了一段時間了。

「再等一下，再一下……」

「一下也不能再等了！妮兒肯定是出事了！要不然不會這麼長時間！」

「那好！我看一下秒針……」說著，格奧絲便開始查看秒針了。秒針顯示的妮兒還在一片黑暗的森林中。

「她現在沒有危險，只是受了一點皮肉傷，如果她有危險，我馬上就讓時間停下來！」格奧絲說道。

「為什麼我們不和她一起去？」

「如果我們件件事情都插手，那對她來說又有什麼意義呢？」

「可是⋯⋯可是她要是有危險的話，我們能袖手旁觀嗎？」

「怎麼會袖手旁觀呢？最重要的當然是生命啊！」

突然，格奧絲發現了重大情報，它興奮地喊叫起來：「妮兒！吉亞！勝利就在你們的身後！馬上就會看到它了！」

「妮兒！你勝利啦！看見太陽了嗎？」

此時，風也跟著高興，呼嘯在妮兒耳旁的風帶去了這個喜訊。她聽到了！她真的聽到了！

「天啊！我真的⋯⋯真的勝利啦！」她有些不相信的對自己說。

「噢⋯⋯」

「獲勝了⋯⋯」妮兒高興地喊道，整個山林都迴盪著她的聲音。聲音驚動了森林的動物，他們紛紛四處逃避。

喊著喊著，妮兒更緊地抓住了袋狼王的角。

遠處，妮兒看見了一條亮線，而且越來越亮，那就是曙光！自己勝利的曙光。

袋狼王漸漸放慢了速度，最後終於停了下來。妮兒這才發現，她和這隻袋狼王正站在一個高高的懸崖上！

東方天空出現一片紅霞，雲彩在跳著舞，太陽就要出來了。袋狼已把身子蹲下，示意讓妮兒下來。然後他們一起等著太陽升起。妮兒真不明白，他為什麼會到這個地方看日出呢？

「你一定會驚訝我為什麼會帶你到這兒來吧？」袋狼王問道。

他竟然會說話，不過妮兒可沒太吃驚。

「一定有你的想法，不是嗎？」

「你猜對了，我已經統治我的家族四十九年，再一年，我就是第一個統治袋狼家族滿五十年的王了，到時候，在其他族人的眼裡，我就會比新一任的王還要至高無上。」

「其實我，我不是有意要搶你的位子，我只是……」

「不用說只是了，現在你把我打敗了，因為你沒從我的背上摔下來，那就說明你有足夠的能力去掌管袋狼部落。」

「那你接下來有什麼打算？」妮兒問。

「按照慣例，我必須來到這座懸崖上，等太陽出來的時候做一個了斷。到時候，你就下山接受袋狼家族歡迎你成為他們新首領的儀式吧。」

「這不行！你聽好，我這次來不是為了當什麼王，再說我根本也不是袋狼。我做這些事，無非是想告訴你們不要再和袋鼠作對了，如果你們破壞了森林，你們也會滅亡的。所以，如

果你今天聽我的話，袋狼王還是由你來當。」

「哈哈哈哈！現在說什麼都晚了，和不和袋鼠作對那已經是你的事了。奉勸你一句，以後當著其他袋狼的面如果再說一句『我不想當袋狼王』之類的話，他們就會一起把你撕裂。」

「可是我……」

「好了，你看……」

妮兒抬頭向東方望去，天空已經紅通通的了，太陽正在升起。

「等太陽完全出來時，才證明我已經把位子讓給你了。」

妮兒知道再怎麼說下去也沒用，既然袋狼王想做個了斷，就讓他去吧，即便是把位子還給了他，他也不會做得像以前那樣好了。

滿天的紅光漸漸變成了金黃色。懸崖的下面傳來了隆隆的響聲，那是整個袋狼家族的袋狼來參加新任首領的儀式了。

妮兒有些不明白，為什麼新首領的到來就要預示著前任首領的末日？但是仔細想想，自己一路走來，不也就是為了讓袋狼們都聽自己的嗎？

「他們都來歡迎你了，整個袋狼世界就都交給你了，不過你要記住三件事：第一，你不能背叛自己的家族；第二，絕不能讓自己和自己人起內鬨；第三，不能因為覺得自己是王就向

同族提出過分要求。這三點都是我多年的經驗，如果你照著做了，也許也能當上五十年。好了，一會兒他們就會催我快點下去，要不然太陽也等不及了。」

「你放心，家族我會好好管理的，你說的我也都記住了。」

「好了，是時候了，我再不走就會耽誤你了。」

「祝你成為一個好王，永別了。我在天堂看著你們……」說著袋狼王縱身一躍，懸崖上就只剩妮兒一個人了。妮兒愣在那裡一秒鐘，但馬上，她就把頭探出懸崖，看見袋狼王正飛速地降落。突然，奇跡出現了！就在懸崖的半山腰，他停住了！不對，與其說停住了，不如說是一股神奇的力量托住了它！這樣支撐了片刻，它的全身散出了比太陽還要刺眼的彩色的光，足以照亮整個山谷。更不可思議的是，天上突然降下許許多多的花瓣，形成一個圓柱形，罩到袋狼王身上！他在慢慢地上升，直到回到懸崖上。妮兒這才清清楚楚地看見袋狼王竟長出了一雙翅膀！那對翅膀又寬又大，展開來有身體的三分之二長，而且還長著金色的羽毛！

花瓣不再罩著他，而是落到了他的腳底下。突然，袋狼王身上的金光猛地放射到天上、地上、四面八方，讓人睜不開眼睛，他的光甚至遮蓋了太陽！像風從身體兩旁刮過一樣，那

是袋狼王搧動翅膀的聲音，光漸漸地暗了下去，他飛走了，一直向著太陽飛走了。

袋狼家族被這一幕嚇呆了。現在，他們唯一能做的就是在地上追著他們的王跑。又是一陣隆隆的巨響。他們一直追到很遠很遠，直到袋狼王消失在太陽的身邊。妮兒也因為這一幕而不知所措了，風掠過她的臉，頭髮蓋住了她的視線，她這才注意到自己。奇怪，妮兒記得自己的手已經被刺扎得傷痕累累，怎麼現在感覺不到疼痛了呢？

她把自己的雙手舉到眼前，手上一點傷也沒有，和原本一樣完好如初！而且臉、胳膊、腿上的傷也沒留下一點疤！

「妮兒！妮兒！妮兒！」吉亞老遠就朝她喊。

「剛才可把我們嚇壞了……袋狼王是怎麼回事啊？」吉亞問。

「是啊，要不是秒針告訴我，我還真不相信……」

「我們走吧。」

「好啊！」

「走吧，袋狼王已經得到比現在更好的東西了。」

「可是這麼高的懸崖你怎麼下去呢？」吉亞問妮兒。

「沒有關係，只要努力就能下去。」

「算了吧，還是我帶你下去吧，其他的袋狼還在山下等你

呢！如果你自己下去會耽誤時間的。」格奧絲說道。

　　妮兒說：「那好吧，我們一起下去，早點把事情辦好。」

　　轉眼間，他們就來到了山下，袋狼隊伍正往這邊聚集。

　　「他們這是來迎接你了，但你一定要記住，你不能承認你是他們的王，因為你在這裡待不了多長的時間。」格奧絲提醒道。

　　「我知道該怎麼辦。」

　　「對不起，我們回來晚了，耽誤了您的儀式。」一隻袋狼說道。

　　「噢，沒關係。那些儀式什麼的就不用做了，我們談一些事情吧。」

　　「請您說，我們一定照辦。」

　　「那好，你們聽著，這次我不是有意去搶你們的首領的位子的。我只想警告你們一些事情，剛才那一幕大家已經看到了，其實，以前那些袋狼王並沒有死，他們比以前過得更好，我當你們的首領不會太長時間，因為明天我就回去了。」

　　「如果您走了，我們該怎麼辦呢？」

　　「聽我說，作為你們一天的首領，我有權力阻止你們不再與袋鼠為敵。我要阻止破壞森林這種做法。這也許對你們的前任首領有些不尊重，但這完全是為了你們好。如果森林沒了，

水也就會沒有，吃的就更沒有了，最後你們就會全部滅亡，所以這一點即使我不在的時候你們也一定要遵守，知道嗎？我會一直看著你們。」

「是。我們絕不再和袋鼠為敵。」

「很好，那麼另一件事就是以後要取消首領的制度。什麼事都由大家商量決定。因為我覺得當首領實在是太不公平了，雖然享受特權，但每天都是提心吊膽，害怕誰會不會突然向他提出挑戰。而如果要是輸了的話，就要跳下懸崖。所以，如果大家團結起來，既不用提心吊膽過日子，也可以使力量更強大，讓家族更興盛。」

「難道你明天就要走嗎？」那隻袋狼問。

「這兒不是我待的地方，我還要回家，但是儘管我只當一天的首領，我還是希望你們能接受我的意見。」

「你的意見我們一定會照辦，你不是還看著我們嗎？」

妮兒說服了袋狼們放棄戰爭，不再和袋鼠為敵，不再破壞森林，她感到非常高興。她決定立即去說服袋鼠放棄戰爭，同樣不再和袋狼為敵。於是，妮兒以首領的口吻號召大家：「走，我帶你們去見袋鼠。」

真是一呼百應，大家高呼：「走！去見袋鼠！」、「走！去見袋鼠！」

「出發！」妮兒下令。

於是，袋狼隊伍跟著妮兒一路往前進，袋鼠的領地就在前面。

「首領，如果我們失敗了怎麼辦？」一隻袋狼問。

「為什麼會失敗呢？」妮兒反問。

「您真有這麼大的信心，我們的前任首領也提過與他們議和，但都沒有成功，還讓他們以為是我們害怕了呢。」

「你們就不用擔心了，我說勝利就會勝利。」妮兒堅定地說。

大家繼續向前進。

時間漸漸過去了，中午快到了，再走一會兒就可以到達目的地了。

「首領，前面就是袋鼠的領地了。」跑在前頭的一隻袋狼說。

「還有多遠？」

「我們現在就可以看見他們。」

「好，讓隊伍停下來。」

「是！大家都停下來，停下來，別往前走了。」

大家很有秩序，都停了下來。

「大家都躲起來，我一個人去和他們說。」妮兒指揮道。

說完，妮兒轉身走進袋鼠的領地。

　　袋鼠的領地大多都是草叢，可是卻不見幾隻袋鼠。這使妮兒感到有些奇怪，正想著，遠處真就蹦來了一隻袋鼠。接著，有兩隻跟在他身後，一回頭，哇，一大群袋鼠不知從哪兒冒出來了。

　　「你來這兒幹什麼？」第一隻帶頭的袋鼠問。

　　「噢，對不起，大概剛才驚嚇到你們了。」

　　「說正事，你到我們領地做什麼來了？」

　　「我是袋狼家族的新任首領。」妮兒試探地說道。

　　真是在她的預料當中，袋鼠們的反應極為強烈，一些袋鼠看來要教訓她，被那個首領攔住了，他們在商量著什麼。妮兒見事情不是那麼簡單，趕緊改口說：「哈哈哈哈，當然是跟你們開玩笑了，我怎麼會是他們的首領。」

　　「那你到底是誰？」

　　「是梅索叫我來看看你們。」妮兒說道。她其實也不知道梅索是誰，是格奧絲叫她這麼說的，它說梅索是袋鼠家族的第一任統領，在臨死的時候和袋狼王有過同樣的經歷，所以直到現在，袋鼠都以為他們的第一任首領在某個地方變成了一個神在掌控著家族的興衰。

　　「你……你再說一遍。」

「梅索要我來看看你們，順便要我替他帶一些話。」妮兒又說道。

「哈哈哈，我看你真是瘋了，你說你是梅索要你來的，有什麼證據嗎？」一隻袋鼠說。

「當然有。」說著，妮兒拿出了格奧絲給她的一個東西，看來是梅索以前用過的。

「就是他要我帶著這個來找你們的。」妮兒舉起一塊玉佩一樣的東西說。

袋鼠們一陣驚呼，原來那是現在袋鼠們只聽說但沒見過，早在十代前的首領就失傳了的袋鼠符咒，它決定著袋鼠家族的興衰。那個首領簡直不敢相信自己的眼睛，妮兒也數不清自己是第幾次被當成神。

誰知道驚呼過後，他們竟然全部呆在了那兒。

妮兒抓住時機說道：「梅索看到你們與袋狼家族的戰爭真的很不開心，所以我這次也就是為了這件事情來的。按照梅索的意思，他要你們和袋狼家族停戰。」

「為什麼？」袋鼠王不解地問。

「梅索說，你們不是袋狼的對手，而且這樣敵對下去，袋狼們就要把這整片森林毀壞，與你們同歸於盡。想必這點你們還不知道吧。我想，你們對梅索應該是尊重的，所以你們也要

尊重他的意見，不是嗎？」

「即使我們同意了，他們會同意嗎？」袋鼠王說。

妮兒說：「這你放心，我保證他們會同意。」

「那請你回去告訴梅索，我們完全聽他的。」

「我一定會轉告的！」

妮兒為了更進一步阻止他們之間的戰爭，便說：「這樣吧，從現在開始，你們之間就算正式停戰了，永遠保持和平友好了。如果雙方都有誠信的話，今天下午就一定會下一場雨，否則就會烈日當空。」

袋鼠王表示同意。而此時太陽正高高掛在天上。

對於下午能不能下雨，妮兒心中是有把握的，因為她已經觀察過下午的天氣，這是她在大自然生活多年的經驗。

妮兒很快從袋鼠領地回來了，袋鼠們友好地把她送到了領地邊界。

「看，妮兒回來了！」吉亞高興地喊道。

「怎麼樣？他們同不同意？」大家問道。

妮兒興奮地宣佈：「成功了！」大家一片歡呼。

接下來，就是等待下午那場雨。雙方都站在領地邊界。

太陽越來越毒地照在草地上，看看格奧絲顯示的時間，已經是下午三點鐘了，可是天空仍然沒有要下雨的跡象。這時

袋鼠王已經開始懷疑袋狼們有沒有和平友好的誠意了。說真話，最著急的當然還是妮兒，她不停地看著天空，觀察著風向。就在這時，吉亞喊叫起來：「雲來了，雲來了！」

大家一起向天空望去，果然一片烏雲飛來了，很快烏雲就吃掉了毒日頭。「嘩嘩嘩……」，傾盆大雨從天而降，整個世界沉浸在雨聲中。雨聲在天地間迴盪著，妮兒彷彿聽到了小草、小花、大樹生長的聲音和小溪在雨中快樂地流淌的聲音，還有和平的聲音。大雨在歡呼聲中慢慢停了下來，天上出現了一道彩虹，它從山谷這頭一直跨到了那頭。

在返回的路上，妮兒問吉亞：「在下雨的時候，你有沒有聽到和平的聲音？」

「當然聽到了，那是一種很美好的聲音。」吉亞回答。

其實，吉亞早就聽到了和平的聲音，他從水晶三角體裡出來後就聽到了和平的聲音，只是他沒有告訴妮兒，因為他不想離開多麥家族，更不想離開妮兒。

「你既然聽到和平的聲音了，你就是一隻真正的和平鴿了，你現在完全自由了。」妮兒對吉亞說道。

「我現在的自由就是留下來，菲其格那稀奇古怪的故事我還沒聽夠，跟坦塞去捕獵，和萊比亞、珊蒂一起惡作劇，和西典去別的家族冒險，我都還沒過足癮……」看來吉亞是真心真

意想加入多麥家族，說真的，妮兒也離不開吉亞了。

「好了，多麥家族正式成員，歡迎你！」妮兒對吉亞高興地說道。

「快別說這些了，我們已經晚了一個小時了。」格奧絲催促道。

「啊！我們已經兩天兩夜沒回家了。」妮兒說。

「我們趕快回去吧！」

妮兒、吉亞、格奧絲他們又回到來時的黑洞中，耳旁刮著風，持續了好長一段時間，眼前才出現光亮。

他們回到了多麥家族領地，沒等站穩，妮兒就聞到了陌生豹子的氣味，妮兒警惕地對吉亞說：「這附近一定有別的豹子。」

果然，在樹叢後面躲著一隻豹子，他看起來很陌生。

「你是誰？躲在這裡幹什麼？」

「有話好好說嘛，我們都是一家人嘛。」

「誰跟你是一家的？說，你是哪個家族的？」

「當然是多麥家族的啦。」

「我怎麼從來沒見過你？快說，再不說有你好看的。」

「妮兒……」

聽見喊聲，妮兒回頭一看，只見菲其格、坦塞、珊蒂、

萊比亞、西典，還有老朋友彼其孟多、帕傑都高興地朝她走來。

原來，在妮兒離開後，聖安魯家族、帕傑家族、相鄰的斯里塔家族等好幾個大家族全都投奔到了多麥家族。

妮兒這才看見了樹叢中四面八方都是新豹子的面孔。看來一個龐大聯合的多麥家族時代就要到來了！

14

神話谷

　　吉亞又飛出去找小蟲子解饞了，他總是飛得老高，然後花一整天的時間只找到一隻蟲子。

　　今天吉亞出去一會兒就飛回來了，原來他想起昨天和西典已經約好了，今天要一起去遠處的樹林裡摘野果，晚上要招待老朋友彼其孟多品嚐「果宴」。所以又飛回來把西典帶走了。可誰知不一會兒工夫，吉亞從天空又俯衝了下來：「不好了……不好了……」

　　「怎麼了吉亞？」妮兒驚訝地問。

　　「出事了！出事了！西典，西典她，她被捉走了！」

　　「什麼？西典又被陶特鬼捉走了嗎？」

　　「天啊！這可怎麼辦啊？」萊比亞著急地說。

「先別急。」妮兒說道。

「不是……不是陶特鬼捉的。」吉亞著急地說。

「那是誰捉走的？」妮兒忙又問道。

「是小盧。」吉亞說。

「吉亞，你知道她被捉到哪裡嗎？」

「還能去哪裡，八成是凱門琳薩的領地，他們恨不得……」

「好了，你不用說了，看來我們有麻煩了。這樣，珊蒂和萊比亞你們去通知菲其格，坦塞、吉亞你們兩個跟我走。」妮兒鎮定地說。

「好！」

「噢，萊比亞、珊蒂，你們還是等少葉樹掉下一片葉子的時候再去通知菲其格吧，如果我們成功的話，一小時之內就回來了。記住，千萬不要說得太嚴重。」妮兒想了想又對珊蒂和萊比亞說。

「好！知道了，你們要小心！」萊比亞有些不放心地說。

「知道了。」

妮兒帶著吉亞和坦塞大膽地向凱門琳薩家族領地走去。小盧是個很惡毒的傢伙，不知道他會用西典來要脅多麥家族什麼，更不知道他又會佈下什麼陷阱陷害妮兒他們，一不小心妮

兒他們三個就會中計。

「不知道小盧會不會一生氣就把西典……」妮兒擔心地想。

穿過前面的灌木叢就是小盧的地盤了，妮兒提醒大家要特別小心謹慎。

「哈哈哈，你們終於來了！」小盧陰險地笑著說。

「是的，你到底想幹什麼？」

「怎麼，菲其格沒來嗎？你算什麼？」

「菲其格，你是說菲其格怎麼沒來嗎？他很忙，沒時間來，所以就派我們來了。」

「哈哈哈哈哈哈！他很忙？忙什麼？」

「你沒聽說最近有好幾個家族已經和我們一起聯合了，這會兒，菲其格八成又忙著聯合的事呢！」

「噢？有這樣的事？真是好笑。」

「沒什麼好笑的，還要告訴你的是，我們幾家共同的敵人就是你，這也是他們與我們聯合的主要目的！」

其實，小盧正是害怕聯合起來的多麥家族，才想捉住西典來阻止聯合的。

「西典呢？」妮兒強硬地問小盧。

「你放心，她好好的，一會兒你就會見到她了。」說著小

盧與屬下講了幾句悄悄話。

「如果沒有其他事的話，我們就把西典帶回去了，不用麻煩你了。」坦塞說道。

「這說起來就是你們不對了，西典她鬼鬼祟祟地在我家裡行動，問她做什麼，她也不說，就只好把她請來了。」

「這些廢話我不想聽，我沒時間，你到底想怎麼樣？」妮兒又說道。

「我也不想怎麼樣，你就拿你們家的那棵火樹來換吧。」小盧一臉陰險地說。

坦塞向來不怕事，他聽見小盧這樣說，就想衝上去和小盧拼命，卻被妮兒用力攔住了。

「想換火樹，這是絕對不可能的，但如果你實在有興趣，我們可以讓你看看火樹……」

「要不然的話，我們還可以讓你們見識我們的埃索巴爾地樹葉，它可以幫人換腦。」

一句話就把小盧嚇住了，他可吃了火樹不少苦頭，並且他也曾聽說過埃索巴爾地樹葉可以讓人換腦。

「珊蒂已經回去取火了，反正它不會燒到西典，怎麼樣，想試一試？」妮兒得意地說。

「你……」小盧氣得說不出話來。

妮兒趁機說：「在你們被大火燒得團團轉的時候，我們的人就會來把你們一網打盡，到時候，哈哈哈哈⋯⋯」

　　「好！荻古，把西典帶來！」他對下屬吼道。

　　那個叫荻古的轉身走進了一片密林裡，從一個大樹洞裡把西典放了出來。

　　西典看見妮兒、坦塞和吉亞後，眼淚差點掉下來，但她堅強地控制住了自己激動的情緒。

　　「你們下次如果再讓我抓到，我絕對不會手下留情的！」小盧看著到手的西典又被放走了，只好無可奈何地說。

　　西典被帶出來了，還好沒有怎麼樣。

　　「怎麼不小心點？你看看，多險呢！」妮兒對西典說。

　　「你們能不能不告訴菲其格？」西典擔心地問大家。

　　「算是你學到一個教訓，放心吧，菲其格不會知道的，但你如果下次再這樣的話，我一定會告訴菲其格。」坦塞說道。

　　「妮兒，你可真行啊。」坦塞稱讚地說。

　　「這也沒什麼，只是急中生智而已。」

　　吉亞在一旁忍不住笑著說：「你沒看當時小盧嚇得臉都綠了⋯⋯」

　　「哈哈哈哈哈哈⋯⋯」

　　「別說了，該回去了，要不然萊比亞和珊蒂就該通知菲其

格了。」

　　他們有說有笑地回到了萊比亞和珊蒂那裡。這會兒少葉樹還沒有掉葉子呢！大家看到西典平安無事，都非常高興。

　　西典回到多麥領地後，她把一個秘密偷偷告訴了妮兒。妮兒從西典手裡接過了她從凱門琳薩領地裡帶出來的一張紙條，那是西典在關她的那棵大樹洞內發現的。她倆一口氣跑到樹林深處沒人的地方，才打開了那張紙條，只見上面寫著：

　　「當你發現這張紙條時，它已經有兩百年的歷史了。在兩百年前，凱門琳薩是個很興盛的家族，他們發現一個天大的秘密—神話谷，那裡面充滿著各種神話，每一棵樹，每一株小草都是一個神話。但那裡不是誰都可以去的，只有當你平心靜氣，沒有一點兒雜念，並且能感受到大自然的呼吸時，才可以到達那裡。當然，即使有人做到了這些，他也不會到達那裡，因為他們曾經破壞過大自然，出賣過大自然。這兩百年來，人類費盡心思地想找到它，因為一旦到了神話谷，一切生靈都會得到淨化。如果誰能平安走出神話谷，誰就具有超能力，而且，還將變成和平使者，能讓世界和大自然永遠和平。」

　　妮兒對這個秘密很感興趣，不管真假，不管是不是小盧設下的騙局，她都想找到這個神話谷！當然妮兒不是想得到什

麼超能力，她只是為了和平。

「哇！我無緣去了。我做不到平心靜氣，還破壞過好多花草樹木。」西典惋惜地說。

「西典，沒關係，我會和你一起去的。」

妮兒和西典從樹林深處走出來，為了保密，她們把紙條放到了火樹上，那紙條便隱藏進了火樹裡。

一連幾天，妮兒和西典都在一起想怎樣才能找到神話谷、怎樣才能到達神話谷的事情。

實在想不出辦法了，妮兒和西典就一起去找菲其格，不過，菲其格也根本不知道這件事，他反倒認為這肯定是小盧搞的陰謀。但是，妮兒和西典非要找到神話谷不可，菲其格也只好同意，並要求她們一定要互相照顧彼此。

真是踏破鐵鞋無覓處，得來全不費功夫。就在妮兒和西典絞盡腦汁又問火樹又求天求地的時候，無意間得知，吉亞的老家就在神話谷，他就是在那兒長大的，吉亞利用隱身術把妮兒和西典送到了神話谷。

「我在這裡等你們很久了。」一個聲音在妮兒和西典身後響起，嚇了她倆一大跳。

說話的是一個很老很老的婆婆。她的樣子很奇怪，長長

的耳環連在裙子上。大大的眼睛有三層眼皮，眼珠兒又大又藍，像兩顆藍寶石。鼻子很高，兩邊佈滿了皺紋，寬厚的嘴唇上塗滿天藍色的唇彩，整張臉上到處都是鬆弛的皮膚，沒有彈性，滿是皺紋，額頭上那道最深的皺紋被她用小塊的碎鑽石鑲在了上面。她有一頭淺金色的頭髮，泛著淡淡的白光，上面嵌滿了髮夾，閃閃發亮。裙子是老式的連衣裙，深紫色，還有一個大大的黃色披肩，一雙白色的皮鞋，鞋跟很高。她的身材中等，手裡拎著一個大大的獸皮拎包。妮兒和西典看著她，半天說不出話來。

「怎麼？」

「噢……你是誰呀？」妮兒問道。

「你們就叫我『詹森夫人』好了，他們都是這麼叫我的。」

「你好！詹森夫人。」妮兒和西典一起問候。

「走吧，先到我家去坐一坐，嚐嚐我做的果醬。」

「你知道我們是誰嗎？」

「當然知道了。你是妮兒，她是西典，歡迎你們到這兒來。」

「你是說這裡是神話谷？」

「有什麼不對的地方嗎？」

「你們兩個是我們神話谷的第一批人類客人。」

「我的家就在離這兒不遠的地方，它很別致。」詹森夫人說。

「可是你怎麼知道我們來了？」西典見老夫人並不是很可怕，就和她說起話來。

「我雖然是個老太婆，可是眼睛還蠻好的。」

妮兒和西典跟在她的身後，走了很長一段路。一路上是齊腰深的綠草，天上不時飛過像孔雀一樣的大鳥，想必那是傳說中的神鳥吧。

詹森夫人笑著對妮兒和西典說：「馬上就快要走出這塊草地了。一會兒我請你們輕鬆一下。」

「輕鬆？」

「對呀，快走。」說著老夫人竟跑了起來！她的速度還不會比妮兒、西典慢。不一會兒她們已經跑到了草地的一頭。

「現在……」詹森夫人說，「我們只要再跨一小步，這片草地就在我們身後了。」

還沒等妮兒和西典明白過來，她倆就被老夫人一把給拉了出來。只聽身後噗的一聲響，接著就是「咪咪啦啦」的聲音，妮兒和西典嚇呆了，她們慢慢地回過頭去，就在她們身後一釐米的地方燃起了熊熊大火！

「開始了。」老夫人說著，轉過來縱身跳進了火裡！妮兒

和西典簡直不敢看下去了，她倆想跑可是跑不動。

「妮兒、西典，快點兒下來，好舒服呢！你們不用怕，這火一點兒也不燙，它把這片草地燒掉的作用，就像是給大地灌溉雨水一樣，這片土地就會因此得到滋養，如果我們進來，心靈就可以一同被『洗禮』！」詹森夫人用她那粗獷的聲音說。

原來如此，妮兒和西典鼓足勇氣跳了進去，在火裡的感覺真的很好，很溫暖，還散發著茉莉花的香味。它的質感就像棉花軟綿綿的，身上感覺很濕潤，真像下著毛毛雨。草地被燒光了，火停了，地上又有一批新的草籽在發芽。

她們從「火雨」中走出來，妮兒和西典果然感覺很清爽。

「我們該回去了。」

「好的。」妮兒和西典不敢輕易留戀什麼。

終於到了老夫人的家，這種建築形式妮兒和西典還是第一次看到：它是球形的，外面鑲嵌著各種水果的果皮……

「請進！」

她倆被邀請到房子裡面，老夫人住的大屋子裡面，擺設著老掉牙的古董傢俱，把屋子擠得滿滿的。

「請坐！」

妮兒和西典小心地坐在一張木椅子上，她們生怕一不小心就把它坐垮了。

「現在，我來大概介紹一下我們的旅程。明天我會帶你們去古城區，後天去神海，大後天去……到時候再跟你們說。今晚你們就住在我這兒。好了，現在我去給你們拿果醬。」詹森夫人說。

妮兒從座位上站起來，開始仔細地觀察這個屋子。她發現這個屋子裡沒有任何杯子，也許是詹森夫人怕在這個大球滾動的時候摔碎了杯子才不要吧。突然，妮兒覺得腳下好像有什麼東西，原來是一隻小無尾熊，妮兒不禁叫了一聲。

「發生什麼事了嗎？」詹森夫人聽見叫聲，匆匆忙忙從廚房裡跑了出來。當她看見那隻小無尾熊又露出笑容說：「沒事，沒事，這是我的寵物春天，他很友善的哦！」

「他叫『春天』？」西典問道。

「沒錯，我是在春天遇見他，當時他迷了路。」

春天睜著大大的眼睛看看妮兒又看看西典，發出奇怪的聲音。詹森夫人悄悄跟春天說了幾句話，他馬上就乖乖地跑出去了。

「來來來，嚐嚐我的果醬。」

妮兒從桌子上跳下來（剛才她跳上了桌子，事後她也懷疑自己是怎麼上去的），用勺子舀了一點兒果醬，放到嘴裡，香蕉味的，味道很純，還有點酸酸的。西典也嚐了一口。

「好吃嗎？」

「嗯，我從沒吃過這麼好吃的東西。」

妮兒又吃了一點兒果醬，實在太香了。

「我已經很長一段時間沒有去古城區了。」詹森夫人感慨地說。

妮兒眨眨眼睛問道：「古城區是什麼地方？」

「它是個擁有著燦爛文明的地方，神話大都發生在那裡，那裡的風景好極了。」

「在哪兒？」

「噢，恐怕你們要先瞭解一下這裡的地形了。」詹森夫人說。

「我們現在的這個地方是個大峽谷，兩邊是高不可測的山，我的這個房子建在整個峽谷裡最低的地方，在大峽谷的盡頭有一片汪洋大海，海上漂浮著三個島嶼，每個月大海的水都會湧進我們的峽谷裡一次，直到半山腰，那三個島也就像小船一樣隨著水流漂到了這裡。」

「這不是太神奇了嗎？那您怎麼來得及逃呢？」妮兒驚訝地問。

「哈哈哈，我有我的房子呢！它會帶著我漂到海面，順便到半山腰去採買生活用品。」

「聽起來很刺激。」西典興奮地說。

「怎麼樣？很有趣吧，明天就是漲潮的日子。今晚睡覺的時候你們就可以聽見大海在為明天的事情做準備了。」

「希望明天快點兒到來……今天我們就只在這裡等嗎？」妮兒問。

「一會兒我會帶你倆去參觀神話谷的。不過，你們要把這些甜麵包吃下去，要不然，走在半路上就會餓的。」

「好的。」西典見到吃的當然高興。

飽飽地吃了一頓之後，詹森夫人叫來了春天，他們一同上路了。

「路程很遠嗎？」妮兒問。

「不遠，馬上就到了。」

「你們看到前面那塊大石頭了嗎？」她轉身問。

妮兒順著她手指的方向望去，一塊白色的石頭立在那裡。

她回答說：「看到了。」

「你看它像硬硬的石頭，可是它是一種棉花。」

「棉花？」妮兒覺得真是奇怪。

「對呀！用它做成的衣服很輕但很堅硬，可以阻擋最惡劣的寒風。」

他們又繼續朝前走著，來到大山面前。「這些石壁上的東西都是我們想要的。」詹森夫人邊說邊用手摸了摸長在上面的灌木，它們便縮回石縫中去了。妮兒走到它們跟前，只見石壁上刻著大大小小的奇怪的東西，忍不住問：「這些是什麼？」

「這是純正的古神話，是古代刻上去的，它們是古文字。」

「這就是古文字？」妮兒心想，以前菲其格說過的古文字好像不是這樣的，它們只是簡單的圓圈，最多的都不超過兩個筆劃。詹森夫人見妮兒很感興趣，便說：「我替你們讀一段吧！」

「噢，太好了！」妮兒和西典一起說。

「大衛·特理斯是統治天空的王者，他為天空驅趕雷電、風雨，使它永遠這麼蔚藍。大衛·保羅是統治大地的王者，他不希望看到萬物因缺少雨水而死亡，更看不慣特理斯每天閒適的樣子。於是，保羅開始向他宣戰，大地上所有的生物都來幫助保羅，而特理斯卻只是一個人，儘管他的神力比保羅強大，但是終歸寡不敵眾，被保羅所打敗。從此，天空與大地都由保羅來主掌。在大地乾旱的時候他會降雨，天上地下相處融洽，就連樹上的鳥也在地上築巢……」

「真是一個美麗的神話故事。」妮兒感慨道。她們繼續參觀那些古老而又古怪的文字，那些故事似乎又古老又年輕。

　「真是不妙。」詹森夫人遺憾地說。

　「怎麼了？」

　「我們必須趕緊回去，馬上就要下雨了。」

　「會下很大的雨嗎？」妮兒問。

　「可是天上並沒變陰啊？」西典說。

　「這才說明要下雨嘛！你沒有看過下雨嗎？」

　「難道天黑沉沉的才要下雨嗎？那是颱風。」

　妮兒很不能理解，在自然界，下雨是要陰天的，為什麼她卻這麼說？

　回到老夫人的家中，窗外真的下起了雨。妮兒和西典頭一次見到那種細得像針一樣的雨。

　「加件衣服吧，過一會兒會變的很冷。」

　她倆接過老夫人遞過來的兩個披肩，乳白色的，漂亮極了，披在身上尤其好看。詹森夫人又從她的大書櫃上拿下幾本很厚的書對妮兒說：「這些是整個宇宙發生的故事，拿去看吧。」

　妮兒接過書吃力地看了起來，她認識的字並不多，但起碼能看下去，很快她就被書中的故事情節吸引住了。時間過得

真快，轉眼到了晚上，詹森夫人點亮了燈，那種燈光效果就像
在宮殿裡一樣。

「這兒晚上的星星是別具一格的，等它們完全出來時，我
帶你倆去欣賞。」妮兒依依不捨地放下手中的書，要是有可能
的話，她真想把它們帶回去，給菲其格看。

「現在是幾點了？」

「噢，傍晚七點鐘，現在的星星可不好看。晚上九點以後
它們才會安穩。」

「現在是什麼樣子的呢？」西典問。

「很難用言語說清楚，如果你們想看，就躲到桌子底下去
好了。」

「為什麼要躲起來？」西典又問。

「別說了，噓……」詹森夫人悄悄地走到窗子旁邊，猛地
推開它，不可思議極了！成千上萬個像小石頭一樣大、閃著螢
光的東西從窗子裡飛進來，打得桌椅砰砰作響，妮兒和西典都
覺得渾身被打得痛死了。老夫人費了好大勁才把窗子關好。屋
子裡那些「星星」，還在像跳跳糖一樣到處亂撞，這也嚇壞
了春天。老夫人安撫好春天，轉身對妮兒和西典說：「我說過
了，現在的星星不好玩，一會兒它們就會像冰塊一樣溶化掉，
然後化成滿地的水，真麻煩，還要清理它。」

當妮兒和西典從桌子底下爬出來時，果真滿地都是水，老夫人開始用掃帚清掃。

　　「對不起，給你帶來這麼多麻煩。」妮兒愧疚地說。

　　「沒關係，這根本不怪你。」

　　「我能幫你做點兒什麼嗎？」妮兒問。

　　「不用了，謝謝。」

　　說話間，有一顆小星星貼到了門上，還對著屋內做了個鬼臉。

　　「噢，該休息了，這是專門來通知人們睡覺的星星。」

　　老夫人替妮兒和西典打開一個房間。

　　「哇！」宮殿一樣的房子，一張好大好大的像公主睡覺的床，她倆向老夫人道過晚安後，便以最快的速度衝向了大床。

　　一覺睡到了凌晨，天還很黑。今天是睡在床上，妮兒反而有些不習慣，再加上聽到大海那洶湧澎湃的聲音，海風給人那涼颼颼的感覺，她不知自己是不是已經漂浮在了海面上。再看看躺在身邊的西典睡得正香，看樣子還在做夢呢！突然，妮兒感到腳邊有個毛茸茸的東西，她猜想應該是春天。

　　「別怕，我是春天，我是特地來囑咐你的。」春天小聲說道。

妮兒並沒有驚歎，她第一眼見到他的時候就知道他一定不是一般的無尾熊，從他的眼神裡流露出一種奇特的感覺。

「噢，有什麼重要的事嗎？」妮兒問道。

「明天，老夫人會帶你們去看一根大柱子，就是『和平紀念碑』，不過要記住，『和平碑』不和平。」

還沒等春天說出這是為什麼，就聽到老夫人在招喚春天，春天急忙跑進老夫人屋裡去了。

妮兒嚇得再也睡不著了。她猜想著各種可怕的後果，越想越怕，就硬生生地把西典叫醒了。西典很難相信老婦人會是個惡魔。沒辦法的辦法就是不想辦法。她們倆只能死死記住「『和平碑』不和平」。

西典真是一個快樂天使，她好像不懂什麼是害怕，她在屋子裡東摸西摸，竟然碰醒了一顆星星。星星慢慢亮起來，一點點升到屋子半空中，讓滿屋子亮了起來。她想開個玩笑，就對著衣架說：「公主現在要起床穿衣服！」話剛說完，衣架就像個侍者，送過來兩套公主穿的鑲嵌著鑽石、珠寶的閃閃發光的裙子，兩人穿上之後，看起來真成了漂亮的公主。

天亮了，房子搖搖晃晃起來，大海的濤聲彷彿就在底下。

「噢，天哪，它終於來了。我們現在終於漂了起來，我等

了一個月，它終於來了。」詹森夫人換上了華麗的服裝，頭髮盤得高高的，光芒四射地走進屋來。她看見兩位小公主，急忙說：「走，快到我屋子來，我們要上島了。」

老夫人領著她倆到了自己的房間，梳粧檯上的鏡子後面有一個方向盤，她按下一個紅色的按鈕，房子頓時移動起來，好像裝了輪子。

「讓我們來看看外面吧。」說著，老夫人拉動了一根小小的蜘蛛絲，灰色的房子亮了起來，整個大球房子變成了透明的樣子，外面的果皮也不見了，水在房子底下濺出了水花，周圍都是山，半山腰上建著各種各樣的怪房子。航行了一段時間，遠處漂來了星星點點的綠色，一起一伏，遠遠近近，好像海市蜃樓一樣。

「那就是我們要去的第一個島，上面住著心地善良的埃瑞克瓦族人，他們的文明是世界別的文明都比不上的。」

老夫人加快了速度，兩岸的山很快成了影子，小島的形狀也漸漸變大了，終於看清了這個小島。這個小島原來是兩層的，底下一層住人，上面則長著一般高的大樹。

「這個小島怎麼會是這樣？它原來就是這樣的嗎？那些人是怎麼把樹栽到頭頂上的呢？」妮兒好奇地問道。

「我跟你們說過了嘛，他們的文明是整個世界上的文明都

不可以比擬的。」島上的一些穿著和詹森夫人一樣的人出來迎接她們，幫她們把「船」停下來，並遞來了梯子。

「看，我帶來了兩位客人。」詹森夫人對埃瑞克瓦族人親切地說。

「天啊，真是稀客！」島上的人生硬地說。

「所以啊，小水，可不可以麻煩你暫時充當導遊？」

「當然，這是我的榮幸。」

「去吧，妮兒、西典，我在這兒等你們。」

「噢！」妮兒此時沒有一絲害怕的感覺。

那個叫小水的是一個看上去比妮兒大不了多少的男孩，可是說話的聲音聽起來似乎很老，在很熱的夏天裡，他卻穿的很多。

「你們叫什麼名字？」小水問。

「我是妮兒。」

「我是西典。」

「哇，很好聽的名字呀！」

「謝謝！」

「我們這個小島是一個很規則的圓形島，面積並不大，但景觀卻很多。我們的文明並非都是先人留下來的，在這島上的第二層我們用深海土除去含鹽的部分及一些其他成分，種一些

特殊的樹，這些樹可以阻擋海上風暴，抵擋巨浪，對於我們來說，它就是一扇很穩固的大門。」

「這要多長時間才建完呢？」

「很快，只需兩個月，一個月用來建造，另一個月是樹的生長期。」妮兒還從未看過哪棵樹一個月就能長成參天大樹，但她也懶得再多問了。

「那座房子你看見沒有？那裡面是一個預測站，裡面有模擬宇宙，這片大海什麼時候會起浪等等，它都會及時告訴我們。」

「你是說，你們知道宇宙的模樣？不只是太陽系嗎？」

「如果只是太陽系那有什麼意思？不僅這些，我們還可以隨時體驗其他星球上的生活。要不要進來嘗試一下？」

妮兒忍不住了，她那好奇心的「老毛病」又犯了，西典只好陪她一起進去。小水給了妮兒和西典一人一個特殊的面具，然後推開了一扇門，裡面黑壓壓的，而且很悶熱，感覺有點呼吸困難。還好，戴上了那個面具，呼吸才恢復正常。

「準備好了？」小水神秘地說。

都快讓人緊張死了。小水觸動了一個按鈕，啪的一聲，屋子亮了起來，她倆這才看清，這是一座天花板很高也很寬敞的房子，在她們的頭頂和身體兩旁，各式各樣的球體正在有規

律地圍著她們轉，最上方有一個球體發出強烈的亮光，在它的周圍有幾個星球在轉動，她一眼就認出了地球，整個宇宙中只有它是水藍色的。屋子裡除了太陽的光，還有各種星球發出的光，比太陽還要亮幾百倍，星球裡面有的大有的小，妮兒忍不住伸出手，想摸摸它們。此時，也許是一座大山已經被她用手遮住了，也許是一片大海也被她擋住了。

「這顆星名叫『哈古勃』，在它上面永遠是黃昏，沒有白天，更沒有黑夜，植物稀少，水很多，那裡的生物大都只喝水，而且哈古勃氣候很好，四季如春。」小水介紹道。

「這顆星球又是怎麼一回事呢？」西典指著一顆黑色的星球問道。

「這是被岩石緊緊覆蓋住的星球。終日不見陽光，至於岩石的底下有什麼，我們也不知道，世界上也不可能有誰知道。除非誰把這些石頭都運到別處去，我想這麼重的『太空垃圾』是無法及時清理掉的。」

「嘿！你看，有一顆星星走得那麼快，它要幹什麼？」妮兒好奇地指著遠處一顆像瘋了一樣亂竄的小星星說道。

「噢，不！」小水叫著衝過去，可是已經晚了，那顆星星撞到了另一顆星球上，一瞬間，兩顆星球發出了巨響，黑色籠罩了過來，碎片落了下來。

「天哪！」小水驚詫之後又不無感慨地說，「兩顆星球就這樣完了，被撞的那個星球環境比地球還要好，上面的生物也是我們的好朋友，可是，你們要知道，哪天地球也會變成這個樣的，也許比這些碎片還不值錢……」小水收集了碎片，轉過來又是一張笑臉。

　　「我們走吧，這兒還需要重新整埋。」

　　妮兒真不知道該想些什麼了，兩顆星球就這樣同歸於盡了。難道地球將來也一定是這樣的下場嗎？還有，小水那張若無其事的笑臉……

　　小島上千奇百怪，麵包樹、洗衣樹、柱子樹……(但妮兒她們卻沒有興致了)

　　「我們去找詹森夫人吧。」小水提議。

　　「好！」妮兒回答。

　　他們圍著小島轉了一圈後又回到了原地。

　　「等你們好久了，走，我帶你們到『和平碑』下喝點兒冷飲。」

　　聽見「和平碑」，妮兒婉轉回絕了，老夫人大大地吃了一驚。

　　「怎麼？你們不愛好和平嗎？太奇怪了，人類怎麼會不愛好和平呢？」老夫人一臉的疑惑。

　　看著老夫人的樣子，妮兒和西典也疑惑了，難道說老夫人不是巫婆？不是惡魔？

　　她倆膽怯地問道：「不去會怎麼樣？」

　　「可憐的小公主，凡是來神話谷的人，如果不去參觀『和平紀念碑』，他就會失去人性光明的一面，對世界充滿仇恨，成為戰爭狂人，在大自然中變成惡魔。當然，凡是參觀『和平碑』的人，就永遠不會再失去或丟掉快樂，就會成為快樂、幸福、和平的使者。」

　　聽了老夫人的話，妮兒很想問問吉亞，可是這個吉亞一回到這兒就不知道隱形到哪裡去了。

　　「『和平碑』不和平。」妮兒又想起了春天的話。

　　「孩子們，你們快點決定吧！地球上的人可不是誰都能進來神話谷的。」老夫人露出慈祥的目光說。

　　到底是聽春天的呢，還是聽老夫人的呢？妮兒和西典頭一次意見竟然有了分歧。但這可是不該產生分歧的時候啊！

　　妮兒聽春天的堅持不去，西典聽老夫人的則堅持要去。

　　「好了，我們回去吧，你們晚上再好好商量商量，明天再作決定吧。」

　　回到老夫人家裡，春天樂得跑來跑去。

　　夜裡，妮兒和西典睡在那張公主床上。爭論半天，但誰

也沒說服誰，兩人乾脆進入了夢鄉。

另一個房間裡的老夫人因為心事重重，一直到半夜還沒睡著。深夜靜悄悄的，老夫人突然隱隱約約聽到有人推開了妮兒和西典的房間的門。老夫人下床過去看看，天啊，是春天，只見它正變成了手掌大小的小精靈，在妮兒和西典床邊鬼鬼祟祟不知道在做什麼，老夫人急忙捉住了它。

妮兒和西典被吵醒了，這才發現，原來這個春天正是從地球心臟跑掉的陶特鬼。

這下子，一切都真相大白了。為了懲罰陶特鬼，老夫人把它裝進了一個水晶三角體裡，還用魔法下了封印，就像當初吉亞被關的水晶三角體一樣。老夫人又拜託吉亞，希望吉亞把陶特鬼送到大西洋中一座荒無人煙的孤島上去。在吉亞要出發的時候，說是為了增加體力，老夫人又拿出兩粒好似綠豆一樣的食物給吉亞吃了下去。吉亞與妮兒和西典告別的時候，眼睛裡露出了一絲沒被人察覺的悲哀的目光。妮兒和西典對吉亞說了一遍又一遍的叮嚀的話，吉亞也是戀戀不捨地一遍遍看著妮兒和西典，彷彿有滿肚子的話要說。在老夫人的催促下，吉亞帶著陶特鬼飛向了天空。

老夫人看著遠去的吉亞，臉上露出了難以掩飾的笑容。在老夫人的帶領下，妮兒和西典高興地參觀了「和平紀念

碑」。原來，這座「和平紀念碑」是一把埃瑞克瓦族人時刻準備復仇的劍。從老夫人的描述之中，妮兒和西典瞭解了埃瑞克瓦族人悲慘的歷史。埃瑞克瓦族原本是人類世界中一個最愛好和平的民族，只是一場歷時長久的戰爭，讓他們整個民族只剩下不到十名不滿十歲的兒童，但是敵人依然不放過這些倖存的兒童，打算斬草除根。倖免於難的這幾名女孩包括了現在的老夫人在內，被一位好心的馬車夫用一輛馬車給救走了，沒想到那位馬車夫在逃離中也被敵人殺死了，後來，那輛沒人駕駛的馬車，就帶著這幾個孩子來流浪到這個神話谷來了，當然，復仇的念頭就成了埃瑞克瓦族人放在心中永遠不滅的火種。

正是這無法熄滅的復仇火種，讓即使已經像老夫人那樣年紀的埃瑞克瓦族人依然拒絕接受和平的生活，他們天天詛咒著和平，他們最開心最幸福的事情，就是能天天看到人類發生戰爭。妮兒和西典天天盼望吉亞回來，把她們送回多麥家族的領地，可是她們根本不知道吉亞永遠不會回來了，吉亞被老夫人餵了不能回來的藥。換句話說，吉亞和陶特鬼都永遠只能留在大西洋的孤島上了。

多麥家族變得越來越強大。菲其格、坦賽、珊蒂和萊比亞，常常一起爬到多麥家族領地最高的山峰上，等待著失蹤的妮兒和西典……

國家圖書館預行編目資料

妮兒與多麥家族 / 周燊著 .-- 初版 .--
臺北市：泰電電業，2006【民95】
面；　公分.

ISBN　978-986-6996-14-6（平裝）

859.6　　　　　　　　　　95014338

妮兒與多麥家族

作　　者／周　燊
系列主編／呂靜如
系列企劃／陳　紅
責任編輯／陳鴻旻
行銷企劃／王鐘銘、吳佩珊
美術編輯／朱海絹

發行人／宋勝海
出版／泰電電業股份有限公司
地址／台北市中正區博愛路76號8樓
電話／(02)2381-1180
傳真／(02)2314-3621
劃撥帳號／1942-3543　泰電電業股份有限公司
網站／馥林鮮讀網 http://book.fullon.com.tw

總經銷／凌域國際股份有限公司
電話／(02)2298-3838
地址／台北縣五股鄉五股工業區五工五路38號7樓
印刷／普林特斯資訊有限公司

■2006年8月初版

定價／200元